orages d'été

Collection animée par
Soazig Le Bail et Charlotte Goure.

Titre original : *Dixie Storms*
© Barbara Hall, 1990
Publié pour la première fois par
Houghton Mifflin Harcourt Publishing Company, USA, en 2006

© ÉDITIONS THIERRY MAGNIER, 2008
pour la traduction française
ISBN 978-2-84420-697-8

Loi n° 49-956 du 16 juillet 1949 sur les publications destinées à la jeunesse
Maquette : Bärbel Müllbacher

orages d'été

Barbara Hall
Traduit de l'anglais (États-Unis)
par Jean Esch

Roman
Illustration de couverture
de Claude Cachin

EDITIONS
THIERRY
MAGNIER

Ville
de **joué**
lès Tours

Ce livre a été traduit avec le concours
du Centre national du livre.

Barbara Hall est née en 1961. Elle est aussi productrice de cinéma et de télévision, et a notamment créé *Joan Of Arcadia*, une série télévisée au succès énorme aux USA. Elle vit en Californie.

Jean Esch est né en 1962. Il est traducteur depuis une vingtaine d'années. C'est son unique profession.

À ce jour, il a traduit plus d'une centaine de romans, principalement de la littérature policière ou pour la jeunesse (Patricia Cornwell, Donald Westlake, Philip Pullman, Michael Connelly...), documents ou bandes dessinées.

Par ailleurs, il écrit également le sous-titrage de certains films et séries télé.

1

L'année où Bodean, mon neveu, eut neuf ans, il commença à me rendre folle. Jusqu'alors, il avait toujours été un garçon gentil. Ça ne me gênait pas de jouer avec lui et de l'emmener se promener autour de la ferme. L'idée d'avoir un neveu m'avait toujours plu ; c'était comme si j'avais pris de l'avance dans la vie : à cinq ans déjà, j'étais la tante de quelqu'un.

Mais Bodean ne m'appelait jamais « tatie ». Il racontait aux gens que j'étais sa sœur ou sa cousine. Papa disait qu'il était encore trop jeune pour comprendre l'organisation familiale, mais moi, je pensais plutôt qu'il ne voulait pas que je me sente supérieure.

Je ne sais pas ce qui lui passa par la tête, cet été-là. Sans cesse il me répondait avec effronterie et m'ordonnait de la boucler. Mais le pire, c'étaient toutes ces expressions idiotes qu'il avait adoptées, du genre : « Arrête ton char ! » ou « Fais-moi une proposition ». Je ne savais même pas ce qu'elles voulaient dire, et je crois que lui non plus, mais il en raffolait.

Je me souviens parfaitement du jour où il a commencé à se montrer insolent ; ou du moins, du jour où je l'ai remarqué pour la première fois. C'était un samedi après-midi, au milieu du mois de juillet. J'essayais de préparer le repas. Il déambulait dans la cuisine, en s'amusant à me donner des coups de torchon dans les jambes.

— Arrête, Bodean, lui dis-je. J'ai déjà du mal à couper ce pain de maïs.

Il me répondit :

— Vas-y, fais-moi une proposition.

— Très bien. Si tu continues, je te file une raclée.

— Arrête ton char !

— Je vais le dire à ton père.

Il s'interrompit, le temps d'évaluer le poids de cette menace. Son père était mon frère aîné, Flood. Celui-ci n'était pas toujours très cohérent au niveau de la discipline. Parfois, il se montrait très dur avec Bodean, mais à d'autres moments, il le laissait faire tout ce qu'il voulait. Comme on était samedi, Flood avait certainement l'intention d'aller jouer au billard après sa journée de travail dans les champs. Cette perspective le mettrait de bonne humeur, et Bodean le savait.

Alors, il rétorqua :

— Vas-y, dis-lui ! Espèce de sale moucharde.

— Je vais te balancer une torgnole.

— Arrête ton char !

Je n'insistai pas. Il était impossible de discuter avec Bodean. Papa affirmait que tous ses problèmes venaient du fait qu'il n'avait pas de véritable mère. L'épouse de Flood, Becky, avait fichu le camp alors que leur fils n'avait que trois ans. Je n'ai jamais très bien su pourquoi, et Flood n'aime pas en parler.

C'était une chose que Bodean et moi avions en commun : ni lui ni moi n'avions de mère. Au moins, celle de Bodean était quelque part, vivante. La mienne était morte à ma naissance. J'étais ce qu'on appelle « un bébé qui change la vie ». Le médecin avait pourtant expliqué à maman qu'elle ne devrait pas courir le risque de faire un autre enfant, mais elle était allée jusqu'au bout car toute sa vie elle avait voulu avoir une fille. Son vœu avait été exaucé. J'étais (et je suis toujours) une fille.

Parfois, je me dis que j'ai plus de chance que Bodean, en un sens. Maman n'avait pas décidé de m'abandonner ; elle n'a pas eu le choix dans cette affaire. Mais dans le cas de Becky, on ne peut pas en dire autant. Elle n'était pas obligée de partir et elle aurait pu emmener Bodean avec elle. Elle avait le choix. Papa affirme que quand Bodean sera plus vieux, il passera beaucoup de temps à s'interroger à ce sujet.

D'ailleurs, ça avait déjà commencé, un peu. Pendant une période, il posait un tas de questions sur sa mère. Je faisais de mon mieux pour me souvenir. J'avais l'âge de Bodean aujourd'hui quand elle était partie. Mais je savais qu'elle était jolie et qu'elle parlait doucement. Elle chantait tout le temps. Quand Becky était là, on aurait dit qu'il y avait toujours de la musique dans la maison. Et puis, un jour, ça s'était arrêté.

Quand il eut neuf ans, Bodean cessa de poser des questions sur sa mère. Il était trop occupé à faire le malin.

— Ton pain est tout de traviole, commenta-t-il en se dressant sur la pointe des pieds.

— Ça n'arriverait pas si tu me fichais la paix.

— Tu sais pas cuisiner. Tu trouveras jamais de mari.

Je m'apprêtais à lui flanquer une taloche quand la porte de derrière s'ouvrit pour laisser entrer Flood. Il tapa des pieds sur le paillasson et toussa. Ses vêtements étaient trempés de sueur, ses cheveux blonds collés sous sa casquette John Deere. Flood était un vrai fan des engins John Deere. Il pouvait même se mettre en colère parfois, à ce sujet. Une des causes de dissensions à la maison venait du fait que mon père avait économisé pour acheter un tracteur qui n'était pas un John Deere. Flood avait pesté et boudé pendant une semaine. Et il ne s'en était toujours pas remis.

— Hé, papa ! s'exclama Bodean. Dutch a coupé le pain tout de travers.

Flood alluma une cigarette et lui dit :

— Éloigne-toi de ce four, tu vas te brûler.

Bodean fit la moue. Il n'avait pas tenu compte d'une chose : si la récolte s'annonçait mauvaise, Flood serait de sale humeur, bien qu'on soit samedi. Bodean ne savait plus quelle attitude adopter. Il aimait jouer les durs devant son père, mais il ne voulait pas risquer un savon. Plus que tout, il voulait faire plaisir à Flood, sans jamais trouver le moyen de réussir.

Flood ouvrit le frigo et avala de grandes gorgées de thé glacé, directement dans le pichet. J'avais renoncé depuis longtemps à lui interdire ça. Par ici, tout le monde sait bien qu'on ne peut rien dire à Flood Peyton. Plus têtu, ça n'existe pas.

– Où est Macy? demanda-t-il.

En voulant piocher un bout de poulet rôti dans la cocotte, il se brûla les doigts. Il poussa un cri et secoua la main. Bodean ricana nerveusement.

– Elle est partie s'allonger. La chaleur lui a donné mal à la tête.

– Elle a toujours mal quelque part.

C'était faux. Il n'y avait que la chaleur qui incommodait tante Macy. L'hiver, elle allait très bien.

– Où est papa? demandai-je.

– Il est dehors, en train de ruminer.

– Pourquoi?

– Ça se présente mal. Les plants sont secs, et pas une goutte de pluie à l'horizon.

– On va tout perdre?

– Ça se pourrait.

Il fit tomber la cendre de sa cigarette dans l'évier. Quand Flood entrait dans une pièce, il se l'appropriait, comme s'il n'y avait personne d'autre.

– Je lui avais bien dit de pas acheter cette saloperie de tracteur!

Je lui lançai un regard noir.

– Le tracteur n'a aucun rapport avec le fait qu'il pleuve ou pas. C'est de la malchance, voilà ce que c'est.

Flood était très superstitieux. Comme la plupart des fermiers. Contrairement à papa, qui disait toujours : « C'est facile de rejeter la faute sur quelqu'un ou quelque chose d'autre. » Et je crois qu'il avait raison.

Lassé de se sentir ignoré, Bodean demanda d'une petite voix :

— Dis, papa, quand c'est que tu m'emmèneras à la chasse ?

— Je t'y ai emmené au printemps.

— J'ai tué une vieille grouse débile. Moi, je voudrais tuer un cerf.

Bodean mima un fusil avec ses bras et fit semblant de tirer, mais Flood répondit par un grand rire :

— Tu n'es pas encore assez grand pour tuer un cerf. C'est plutôt lui qui te tuerait.

Je ne pus m'empêcher de pouffer, tout en sachant que Bodean serait furieux. Il ne supportait pas qu'on lui dise qu'il était petit. En vérité, il avait une taille normale pour son âge, mais il était pressé de devenir adulte. Flood me regarda et m'adressa un clin d'œil.

— Un cerf ne ferait qu'une bouchée de toi, reprit-il.

— Arrête ton char.

2

Papa rentra enfin, tante Macy descendit après sa sieste et on déjeuna. Bodean s'était calmé. Il continuait à bouder, mais il était toujours très sage en présence de papa. Mon père est généralement un homme patient, mais il ne tolère pas les caprices, chez qui que ce soit, et surtout pas chez un enfant de neuf ans.

Papa semblait fatigué, mais il s'abstint cependant d'évoquer ses soucis. Il dit toujours que ce n'est pas bien de parler des mauvaises nouvelles à table. Flood était maussade et tante Macy ne mangeait presque pas. L'été, elle perd tout son appétit.

C'est la sœur de mon père et ils se ressemblent beaucoup, surtout les yeux. J'ai les mêmes yeux, moi aussi. Presque gris, profondément enfoncés, tombant un peu sur les côtés. « Des yeux mélancoliques », disait Becky, et sans que je sache pourquoi, je me sentais fière.

Tante Macy avait emménagé avec nous juste après la mort de son deuxième mari, peu de temps avant le mariage de Becky et de Flood. Becky et elle s'entendaient vraiment bien. Mais avec Flood, c'était une autre histoire. Il la rendait nerveuse, et on aurait dit qu'il prenait plaisir à l'asticoter. De ce côté-là, Flood était très drôle : il savait trouver votre point faible et il s'en servait.

Papa déclara :

– C'est le meilleur poulet frit que j'aie jamais mangé, Dutch.

– J'aurais voulu aider davantage, dit tante Macy, mais cette migraine m'est tombée dessus sans prévenir.

– Ça t'arrive toujours aux heures des repas, pas vrai ? dit Flood.

Papa lui jeta un regard noir et s'adressa à moi :

– Certaines tomates sont mûres dans le jardin. Tu devrais les cueillir avant que les oiseaux les mangent.

– Je déteste les tomates, dit Bodean.

– Personne ne t'obligera à en manger, répondit papa, avec un clin d'œil.

Ravi d'entendre ça, Bodean retrouva soudain l'envie de parler :

– Quand je serai grand, je mangerai plus jamais un seul légume.

– Qu'est-ce que tu mangeras, alors ? demanda papa.

– Uniquement ce que j'aime. Des hamburgers et des frites.

– Les frites, c'est des légumes, idiot, dis-je.

– Non, c'est pas vrai.

– Si. C'est des pommes de terre.

– Si tu ne manges pas de légumes, tu ne grandiras pas, ajouta tante Macy en montrant dans l'assiette de Bodean les haricots verts auxquels il n'avait pas touché.

Il parut regretter d'avoir abordé le sujet.

Flood repoussa son assiette et alluma une cigarette. Papa n'aimait pas qu'on fume à table, mais il ne fit aucune réflexion.

– Ah, Flood, j'ai oublié de t'en parler, dit tante

Macy. Quelqu'un t'a appelé aujourd'hui. Une fille. Je crois bien que c'était Lucy Cabot.

Je regardai mon frère. Il suçait les glaçons de son thé glacé.

– C'est une chic fille, pour sûr, commenta papa.

Flood n'osait même pas le regarder.

Lucy était cette fille, à peu près de l'âge de Flood, qui venait toujours lui parler à l'église. Mais Flood ne semblait guère s'intéresser à elle. Et je m'en réjouissais. Ça me mettait mal à l'aise de voir mon frère avec une femme autre que Becky.

– Elle est rudement jolie par-dessus le marché, ajouta papa.

Cette fois, Flood leva la tête.

– Je vois pas ce qu'elle a de spécial.

– Peut-être que tu ne la regardes pas suffisamment, dit papa.

– Et toi, peut-être que tu devrais arrêter d'essayer de me marier.

Le silence se fit autour de la table. Tout le monde avait le nez plongé dans son assiette.

– On aurait bien besoin d'un peu de pluie, déclara finalement tante Macy, et j'aurais préféré qu'elle se taise car l'évocation de la pluie creusa les rides sur le front de papa.

– Et vite, renchérit Flood. Les feuilles de tabac commencent à se ratatiner ; elles font que la moitié de la taille normale. Et on n'a pas fini de rembourser le tracteur.

Flood regardait papa en disant cela, mais celui-ci fuyait son regard. Les lèvres pincées, il prit un autre morceau de poulet.

Nul ne parla pendant une bonne minute, puis papa dit :

— On a connu des étés pires que celui-ci.

— J'aimerais savoir quand, rétorqua Flood.

— Eh bien, je vais te le dire. Juste après ta naissance. Il n'a pas plu pendant deux bons mois, ça nous a pas empêchés de faire des bénéfices.

— Pfft ! On n'a pas fait de bénéfices depuis je ne sais plus combien de temps.

— Pas facile de gagner sa vie avec une ferme, de nos jours. Le plus qu'on puisse espérer, c'est de rentrer dans ses frais. Gagner de quoi rembourser ses dettes de l'année précédente.

— Vends-la, dans ce cas. Si tu veux mon avis, c'est un gouffre sans fond.

À mon grand étonnement, papa gloussa.

— On a toujours cette impression pendant les périodes de sécheresse, non ? Je ne vendrai jamais cette ferme. Mon arrière-grand-père a réussi à la conserver durant la guerre de Sécession. Je ne vais pas m'en débarrasser parce que le temps est un peu trop sec.

— J'aimerais mieux me raser la tête que de manger une tomate, déclara Bodean, désireux de ramener la couverture à lui, mais cela eut pour seul effet de rappeler à tante Macy qu'il n'avait toujours pas touché à ses haricots verts.

Elle lui annonça qu'il ne quitterait pas la table avant de les avoir mangés.

Flood fixait le mur d'un œil sombre, et moi je sentais monter ma colère. J'étais toujours furieuse après lui quand il essayait de provoquer papa. Il semblait y prendre plaisir. Tante Macy disait que c'était parce qu'ils se ressemblaient trop ; ils étaient tous les deux aussi entêtés, mais pas de la même manière.

Quand papa eut fini de manger, il repoussa son assiette et attrapa un cure-dent. Il le fit tourner dans sa bouche pendant un instant, puis me regarda.

– Dutch, me dit-il, j'ai un truc à t'annoncer. On va avoir de la visite bientôt, dans un jour ou deux, et je vais te demander de partager ta chambre.

– Quel genre de visite ? demandai-je.

– Une fille, à peu près de ton âge. Un peu plus vieille, peut-être. C'est ta cousine, Norma. La fille d'Eugene.

Je n'avais jamais rencontré ma cousine Norma, ni mon oncle Eugene, d'ailleurs, mais je m'étais toujours demandé à quoi ils ressemblaient l'un et l'autre. Ils incarnaient une sorte de légende dans notre famille.

Oncle Eugene n'était pas en odeur de sainteté. Papa ne lui avait pas parlé depuis des années. Les problèmes étaient apparus quand papa était allé faire la guerre en Corée. Oncle Eugene était censé rester au pays pour s'occuper de la ferme, mais au lieu de ça, il était parti à la ville. Il avait demandé à quitter l'armée à cause de la ferme, et il avait fichu le camp, ce qui était vraiment dégoûtant. Mon grand-père avait dû se débrouiller seul, et aujourd'hui encore, tante Macy continue d'affirmer que c'est ce qui l'a envoyé dans la tombe prématurément.

À la ville, oncle Eugene était devenu riche, en travaillant dans une banque. Il s'était marié tardivement et avait eu une fille unique, Norma, peu de temps avant que maman me mette au monde.

Quand j'étais plus jeune, je faisais comme si Norma était ma sœur jumelle. Dans mon imagination, elle me ressemblait trait pour trait et elle pensait exactement comme moi, alors qu'on ne s'était jamais vues.

— Elle vient pour quoi ? demandai-je en essayant de ne pas paraître trop enthousiaste.

— Eugene et Fran ont des problèmes, répondit papa. Ils préfèrent éloigner Norma le temps de tout arranger.

— Quel genre de problèmes ?

— Conjugaux, dit tante Macy à voix basse.

— Manquait plus que ça, soupira Bodean. Une saleté de fille en plus.

— Surveille tes paroles, mon garçon, dit papa d'un ton sévère, mais la remarque de Bodean avait fait rire Flood et cela lui donna l'audace de continuer :

— Pourvu qu'elle cuisine mieux que Dutch, ajouta-t-il.

Cette fois, papa ne releva pas.

— J'espère que ça ne te gêne pas, Dutch, dit-il. Ce ne sera pas long.

— Non, ça ne me gêne pas, répondis-je, sans trop savoir si je devais afficher mon excitation.

Je ne voulais surtout pas que papa pense que j'approuvais la conduite d'oncle Eugene.

Flood écrasa sa cigarette dans le reste de purée et tante Macy eut une grimace de dégoût.

— Oh, Flood, évite de faire ça, je t'en prie.

— Si ça ne te plaît pas, ne regarde pas.

Soudain, papa prit sa fourchette et la planta dans la table, manquant de peu la main de Flood.

Je demeurai bouche bée et tante Macy en eut le souffle coupé. Flood leva lentement les yeux vers papa.

Celui-ci dit, froidement :

– Ne parle jamais comme ça à une femme en ma présence.

Flood repoussa sa chaise et sortit en claquant la porte derrière lui. Nous autres, on resta muets. Papa secoua la tête.

– Ce garçon a le diable dans la peau, dit-il.

Bodcan sourit. Il trouvait que c'était un compliment.

3

Au cas où vous ne l'auriez pas compris, je ne m'appelle pas réellement Dutch [1]. Mon vrai prénom, c'est Margaret. Les gens m'ont toujours appelée Dutch, mais ça ne me gêne pas car je n'aime pas trop mon vrai prénom, non plus.

C'est mon grand-père qui, le premier, m'a appelée Dutch. On raconte que quand j'étais petite, je m'exprimais en charabia et grand-père disait que les sons qui sortaient de ma bouche ressemblaient à du hollandais. Je n'ai pas beaucoup de souvenirs de lui, alors je suis obligée de croire les autres sur parole.

Toujours est-il que ce surnom m'est resté, et même mes amis à l'école m'appellent comme ça. Les professeurs ont bien essayé de m'appeler Margaret, mais ils n'arrivaient pas à attirer mon attention, alors ils ont fini par renoncer.

Bodean, ce n'est pas son vrai prénom, non plus. Même si, d'une certaine façon, c'est quand même le vrai, vu que c'est un mélange de ses deux prénoms : Robert Dean Peyton. Becky l'appelait Bobby Dean. Et elle voulait que tout le monde l'appelle comme ça. Alors, c'est ce qu'on faisait, du temps où elle était là. C'est Flood qui lui a donné ce diminutif, que

---

1. *Dutch* : Hollandaise. *(N.d.T.)*

Becky détestait. Quand elle est partie, il n'y avait plus personne pour reprendre Flood quand il disait « Bodean », alors on a tous continué.

Flood [2], lui, s'appelle vraiment Flood. C'est le prénom que lui a donné ma mère car la nuit où il est né, il y a eu une crue subite à Marston, là où on vit. Les routes étaient inondées, maman n'a pas pu se rendre à l'hôpital, et elle a accouché dans sa chambre, avec l'aide de voisines. Cette expérience l'avait tellement chamboulée qu'elle était incapable de lui trouver un prénom. Elle n'arrêtait pas de l'appeler son « *flood baby* », et tout à coup, c'est devenu son prénom.

Il n'y a jamais eu de véritable inondation à Marston depuis cette nuit-là. D'ailleurs, aussi loin que je m'en souvienne, il ne s'est jamais rien passé d'excitant à Marston. Un jour, la mairie a brûlé, mais j'étais petite et j'ai tout loupé.

Dire que Marston est une ville, c'est exagéré. Elle ne figure même pas sur la plupart des cartes de Virginie. Ce n'est qu'un point minuscule au centre de l'État, presque à la hauteur de la Caroline du Nord. C'est très loin de tout ce qui est intéressant, à supposer qu'il y ait quelque chose d'intéressant en Virginie, ce que je ne peux pas savoir. Papa disait toujours que Richmond, la capitale de l'État, était un bel endroit, et il promettait de m'y emmener un jour. Mais je crois qu'il voulait éviter cette ville, car c'était là que vivait oncle Eugene.

---

2. *Flood* : Inondation. *(N.d.T.)*

Marston, c'est surtout des terres agricoles. Vous pouvez la parcourir en voiture et ne voir que des rangées et des rangées de tabac et de maïs. Dans la rue principale, il n'y a qu'un seul feu rouge, et il date seulement de l'année dernière. Il y a quelques boutiques, un tribunal, une salle de billard, une cafétéria, une pharmacie et un marché. On n'a ni supermarché, ni centre commercial, ni cinéma. Le soir, il n'y a rien à faire, à part rouler en voiture, sans but, ce que font tous les jeunes dès qu'ils obtiennent leur permis de conduire. Le vendredi soir, la ville tout entière semble vibrer au rythme des moteurs et la musique qui jaillit des autoradios envahit les rues.

Parfois, je me disais que j'aurais aimé vivre dans un endroit plus grand, mais la plupart du temps, je m'en contentais. Il y avait plein de place pour faire du vélo ou se promener dans les bois. Et tout le monde se connaissait. Tante Macy disait que quand je serais plus âgée, je ne considérerais plus ça comme un avantage, mais je n'avais toujours pas compris ce qu'elle voulait dire.

Papa, lui, affirmait qu'il ne fallait jamais avoir honte de sa maison ou de sa ville. Car à partir de ce moment-là, vous risquez d'avoir la grosse tête. Mais au cours des jours qui précédèrent l'arrivée de Norma, je commençai à m'inquiéter un peu en me demandant ce qu'elle allait penser de cet endroit.

Je nettoyai la maison de fond en comble, plusieurs fois. Je ne cessais de passer derrière Bodean qui laissait traîner partout ses petites voitures et ses armes en plastique. Je choisis les plus beaux draps pour faire le deuxième lit de ma chambre, puis je me rendis à la supérette et dépensai tout mon argent de poche pour acheter des dessins encadrés à mettre au mur. Rien d'extraordinaire, de simples roses et des pâquerettes, mais je me disais qu'elles égaieraient un peu la chambre.

J'achetai aussi du gloss et du mascara. J'étais certaine que Norma se maquillait et je ne voulais pas qu'elle croie que je n'y connaissais absolument rien. Je m'imaginais lui disant : « Hé, Norma, tu veux essayer mon gloss ? » J'attendais ce moment avec impatience.

Alors que j'étais en ville pour effectuer mes achats, je tombai sur deux garçons de l'école, Kenny Wells et Ethan Cole. Ils avaient un an de plus que moi, mais je les connaissais bien car leurs familles étaient membres de mon Église. Kenny et Ethan avaient un âge où ils ne prenaient plus la peine d'aller à l'église, sauf pour les grandes occasions, mais quand on était petits, on jouait à un-deux-trois, soleil ! dans l'herbe, avant l'office. J'avais toujours connu ces deux garçons, et maintenant, ils étaient devenus grands, beaux et ils avaient beaucoup de succès avec les filles. Elles craquaient toutes quand elles voyaient passer Kenny. Ce garçon, c'était de la graine de star de ciné. Cheveux blonds, yeux noisette, un teint mat et de longues jambes. Il marchait comme si le monde lui appartenait, et d'une certaine façon, c'était le cas.

Ethan n'était pas aussi mignon, mais le simple fait d'être l'ami de Kenny le rendait populaire. À vrai dire, je préférais Ethan à Kenny, de loin. J'aimais ses cheveux roux et ses yeux bleus, et son rire. Il souriait souvent, et dans ces moments-là, ses yeux se plissaient, ils se fermaient presque. La plupart des filles trouvaient que ça lui donnait un air débile, pas moi.

Bref, Kenny et lui étaient assis sur les marches du palais de justice, en train de boire des Coca. Kenny me lança :

– Hé, Dutch ! Où t'étais passée ?

Je coinçai mon sac de courses sous mon bras et me dirigeai vers eux.

– Qu'est-ce que vous faites, les gars ?

– À ton avis ?

Kenny était du genre sarcastique ; il avait toujours l'air content de lui.

– À mon avis, vous êtes en train de perdre votre temps, rétorquai-je, ce qui fit sourire Ethan.

– Tu parles sans savoir, dit Kenny. J'ai pas arrêté de bosser dans les champs de tabac, tous les jours, depuis la fin de l'école.

– Félicitations.

Avec Kenny, la meilleure chose à faire, c'était d'entrer dans son jeu. Il vous respectait ensuite.

– Qu'est-ce que tu as acheté ? me demanda Ethan.

– Oh, rien.

Kenny m'arracha mon sac et examina son contenu. Il brandit dans le soleil un des dessins encadrés et éclata de rire.

– Voilà un chef-d'œuvre ou je m'y connais pas !

Je le lui repris d'un geste brusque.

– J'ai jamais dit que c'était un chef-d'œuvre !

– Je savais pas que tu t'intéressais à l'art, Dutch.

Je sentis mes joues s'enflammer, mais je m'interdis de répliquer car une fois que les gens commencent à avoir du succès, ils se sentent obligés de se comporter comme des crétins. C'est une sorte de loi non écrite.

Kenny venait de découvrir mon mascara et il jouait avec.

— Pour qui tu vas te faire belle ?

— Pour personne.

Je regardai Ethan. Il était occupé à introduire des cacahouètes salées dans sa bouteille de Coca.

Kenny me rendit mes affaires et bâilla. C'était le moment de dire quelque chose d'intéressant car ils semblaient s'ennuyer tous les deux.

— Je vais avoir de la visite. Norma, ma cousine de Richmond, doit venir à la maison.

— Elle a quel âge ? demanda Kenny.

— À peu près comme vous.

— Elle est mignonne ?

— Je ne sais pas, je ne l'ai jamais vue.

Ethan leva la tête.

— Tu as une cousine que tu as jamais vue ?

— Je viens de te le dire, elle vit à Richmond, répondis-je sur la défensive.

Je ne voulais pas me lancer dans les histoires de famille.

— Richmond, c'est pas si loin que ça pourtant, fit remarquer Kenny pour me provoquer, mais fort heureusement, Ethan intervint :

— Elle arrive quand ?

— Demain.

— Amène-la à notre match de softball.

— Euh, je ne suis pas sûre que c'est la première chose qu'elle aura envie de faire.

Ethan rit et Kenny secoua la tête.

— Tu es une petite futée, Dutch.

— Je suis née comme ça, répondis-je en haussant les épaules. Bon, à plus tard, les gars.

Alors que je m'éloignais, Kenny me lança une dernière vanne :

— Dommage que chez toi tout ne soit pas aussi bien pendu que ta langue !

Je rougis jusqu'aux oreilles et regardai instinctivement ma poitrine. C'était un problème sensible. À mon âge, j'étais toujours aussi plate que le jour de ma naissance. Tante Macy disait que j'étais une plante qui fleurit tard. Mais essayez d'expliquer ça à quelqu'un comme Kenny.

Je continuai d'avancer, comme si je n'avais pas entendu.

Flood passa me prendre au coin de la rue, près de l'épicerie. Quand je montai dans la camionnette, il demanda :

— Qu'est-ce qui t'arrive ? Tu es rouge comme une tomate.

— Sûrement un coup de soleil.

J'appuyai ma tête contre la vitre. J'imaginais Kenny et Ethan en train de se moquer de moi, en se donnant des coups de coude dans les côtes à la manière des garçons, et tapant du pied avec leurs baskets.

Ou pire encore : ils m'avaient sans doute déjà oubliée.

4

Le lendemain, vers midi, papa alla chercher Norma à l'arrêt du car. Il me demanda si je voulais l'accompagner, mais je dis non. Je lui expliquai que j'avais trop de travail. Ce n'était pas tout à fait vrai. Je ne voulais pas donner l'impression d'attendre à l'arrêt du car sans rien faire quand Norma arriverait. Je voulais qu'elle pense que sa visite n'était qu'un événement parmi d'autres dans ma vie bien remplie et trépidante.

En fait, il ne me restait plus qu'une tâche à accomplir : égrener le maïs. C'était la chose que j'aimais le moins, mais je me disais que si je le faisais en attendant qu'elle arrive, ça me paraîtrait moins pénible. Je posai le sac d'épis de maïs sur la véranda, devant la maison. Dès que j'apercevrais la camionnette de papa au bout du chemin, je le rangerais.

J'essayai de convaincre Bodean de m'aider, mais il avait peur des vers, même s'il refusait de l'avouer. Il me répondit :

— Je touche pas aux légumes, moi. Non, monsieur, c'est un travail de femmes.

Il resta sur la véranda pendant que j'égrenais les épis, s'amusant à tirer sur les noix dans l'arbre avec sa carabine à air comprimé. Tante Macy nous rejoignit et scruta le chemin.

— Alors, ils arrivent ? demanda-t-elle.

— Toujours pas.

— Je parie que le car a du retard, dit-elle et elle rentra dans la maison.

Au bout d'un moment, Bodean se tourna vers moi et demanda :

— Tu trouves que mon papa est beau ?

— Je n'en sais rien. C'est mon frère.

Il médita cette réponse. Il n'aimait pas songer que Flood était mon frère. Surtout, il n'aimait pas penser qu'il était le fils de papa. Car ça signifiait que papa pouvait, officiellement, lui dire ce qu'il devait faire et Bodean ne supportait pas ça. Je crois qu'il aimait imaginer que Flood était apparu sur Terre spontanément.

— J'ai entendu des filles, à l'église, dire qu'il était beau, reprit Bodean. Elles disaient que c'était le meilleur parti de la région.

— Elles ne devraient pas parler de cette façon à l'église.

Je pris le temps de m'interroger pour savoir si Flood était réellement beau. Il y avait quelque chose de brutal en lui, et j'avais l'impression qu'il faisait toujours la tête. Il était grand et costaud ; c'était quelqu'un que l'on n'avait pas envie de mettre en colère. Il avait des cheveux blonds, qui devenaient encore plus blonds en été. Tout le monde disait qu'il ressemblait à maman, et à en juger par les photos d'elle que j'avais vues, c'était vrai. Il avait les mêmes yeux, d'un bleu très clair, cristallin. Alors, oui, quand il faisait un brin de toilette pour passer la soirée en ville, il n'était pas mal.

— Ta maman le trouvait beau, dis-je.

Bodean fit la grimace.

– C'était une mauvaise femme.

Je sursautai.

– Qui a dit ça ?

– Papa.

– Ça m'étonnerait.

– Il a dit qu'une femme qui s'en allait en abandonnant sa famille était mauvaise. Et c'est bien ce qu'elle a fait, pas vrai ?

– Oui, mais peut-être qu'elle avait ses raisons, dis-je en marchant sur des œufs.

– Dans ce cas, pourquoi elle m'a jamais écrit ?

C'était une très bonne question, à laquelle je n'aimais pas trop réfléchir. J'avais déjà assez de mal à excuser le départ de Becky. Je me disais que je ne pouvais pas la condamner car je ne connaissais pas les faits. Mais je trouvais un peu curieux, en effet, qu'elle n'ait jamais écrit ni téléphoné. Elle faisait comme si Bodean n'existait pas.

Si je n'aimais pas penser à cette question, c'était parce qu'il n'y avait que deux réponses, en vérité, et les deux me mettaient mal à l'aise. Première réponse : il lui était arrivé quelque chose de grave. Peut-être même était-elle morte. N'ayant jamais connu quelqu'un qui était mort, j'avais du mal à le concevoir. Mais la deuxième réponse était encore pire : elle s'en fichait. Et si elle se fichait de son fils, alors Bodean avait sans doute raison : c'était une mauvaise femme.

Cette question me tourmentait car je ne pouvais pas y répondre. J'essayais de dire quelque chose d'intelligent quand je vis surgir la camionnette de papa au bout du chemin. Vite, je fourrai les épis de maïs dans le sac et le cachai derrière le rocking-chair. J'essuyai mes mains sur mon short, passai mes doigts dans mes cheveux et inspirai à fond. Bodean se releva précipitamment et pointa son fusil à air comprimé sur la camionnette.

— Range ça ! ordonnai-je en lui donnant une taloche. Tu vas finir par crever un œil à quelqu'un.

— Elle est pas chargée, j'ai plus de plombs.

— Peu importe. Tu veux que Norma te prenne pour un voyou ?

— Je me fiche de savoir ce qu'une vieille pense de moi.

La camionnette s'arrêta devant la maison. Papa en descendit puis en fit le tour pour ouvrir l'autre portière. Après une éternité, Norma apparut.

J'avais dans ma tête un tas de portraits correspondant à l'image que je m'étais faite d'elle. Ils étaient tous complètement erronés. Une partie de moi-même continuait à croire qu'elle me ressemblerait, mais je savais, en mon for intérieur, que ce n'était pas réaliste. Parallèlement, j'imaginais une créature hors du commun, une sorte de personnage historique… Une Cléopâtre, peut-être, avec des cheveux épais coupés au carré et des yeux noirs. Et un petit coin de mon cerveau, celui qui envisageait toujours le pire, m'envoyait l'image d'une fille banale, et même laide, avec un appareil dentaire et des taches de rousseur.

Norma ne ressemblait à rien de tout cela. Elle était blonde, mais ses cheveux étaient couleur paille, veinés de brun. Ils descendaient plus bas que ses épaules et étaient négligemment coincés derrière ses oreilles ; une mèche épaisse tombait devant ses yeux. Sa peau blanche comme de la porcelaine semblait lisse et fraîche au toucher. Elle avait une bouche large et des lèvres qui brillaient d'un pâle éclat rosé. Elle portait de longues boucles d'oreilles, un jean délavé, un T-shirt blanc très large, une ceinture autour de la taille et des sandales. Elle paraissait très bien faite.

En contournant la camionnette, elle trébucha légèrement, mais se rétablit très vite ; elle coinça ses cheveux derrière ses oreilles et regarda le sol en souriant, comme si celui-ci lui avait joué un tour. Quand je vis cela, mon cœur fit un bond dans ma poitrine car je compris immédiatement qui elle était. Norma était le genre de fille qui pouvait trébucher sur le trottoir, tomber en rigolant et vous donner l'air d'une idiote parce que vous étiez debout.

Je restai pétrifiée comme une statue, tandis que papa et ma cousine marchaient vers la véranda. Quand ils furent près de moi, elle sourit. Elle avait les dents les plus blanches, les plus droites, que j'aie jamais vues. Et ces boucles d'oreilles ! Je n'en revenais pas. Des triangles en argent incrustés de pierres noires, qui se balançaient nonchalamment de chaque côté de son visage, sous son menton.

Papa dit :

– Dutch, je te présente ta cousine, Norma Peyton.

– Salut, dit-elle.

– Salut, répondis-je.

Puis je repensai à mes bonnes manières et je lui tendis la main en disant :

– Enchantée.

Elle regarda ma main pendant quelques secondes, avant de la serrer. Ses doigts étaient fins et lisses.

En me tournant vers Bodean, je vis qu'il était tombé amoureux d'elle, instantanément. La façon dont il la regardait, bouche bée, en disait long.

– Mon neveu, Bodean, dis-je.

– C'est un joli nom.

– C'est pas mon vrai nom, dit Bodean, avec l'air de s'excuser.

C'était la première fois que je l'entendais faire cet aveu. Un exemple de l'effet produit par Norma.

– J'espère que tu as fait bon voyage, dis-je.

J'avais répété cette phrase depuis que j'avais appris la nouvelle de son arrivée, mais cela me semblait idiot tout à coup.

– Oh, les voyages en car, tu sais comment c'est : long et étouffant.

Elle soupira et je compatis d'un hochement de tête, même si je n'avais jamais pris le car de ma vie, exception faite du car de ramassage scolaire.

Tante Macy sortit de la maison en s'essuyant les mains sur son tablier.

– Voici ta tante Macy, dit papa à Norma.

– Heureuse de t'avoir parmi nous, dit tante Macy avec un sourire timide.

– Merci à vous de m'accueillir.

– Je vais monter tes bagages, dit papa.

– Je t'aide, dit tante Macy. Dutch, il y a un pichet de thé glacé dans la cuisine. Peut-être que Norma en voudrait ?

– Avec plaisir, dit-elle.

On se rendit dans la cuisine et je remarquai que

mes mains tremblaient, alors que je versais le thé glacé. J'avais cueilli de la menthe dans le jardin ce matin et j'en mis quelques feuilles dans le verre de Norma. Elle s'assit à table et laissa échapper un long soupir. Bodean était accroupi dans un coin ; il ne la quittait pas des yeux.

— Oh, c'est adorable ! s'exclama-t-elle lorsque je posai devant elle le verre de thé contenant les feuilles de menthe.

Elle but à petites gorgées, sans faire de bruit.

Je la dévisageai pendant qu'elle buvait. Au premier regard, on aurait dit qu'elle n'était pas maquillée. Mais de près, on s'apercevait qu'elle s'était donné beaucoup de mal pour obtenir cet aspect naturel. La blancheur lisse de sa peau était due, en fait, à une couche de fond de teint, et ce léger éclat rosé sur ses joues, à un soupçon de blush. Ses cils avaient été brossés si délicatement de mascara qu'on pouvait presque les compter.

Elle leva les yeux vers moi et je m'empressai de détourner le regard.

— On va partager la même chambre, dis-je. J'espère que ça ne te gêne pas.

— Non, pas du tout.

Je m'assis en face d'elle et balayai la cuisine du regard, en me demandant ce que Norma en pensait. Certes, elle était propre comme un sou neuf, mais elle ne payait pas de mine. Apparemment, Norma s'en fichait ; elle continuait à siroter son thé en me souriant.

— Tu sais, il n'y a pas grand-chose à faire par ici, dis-je. On peut aller se baigner ou faire du vélo.

Il y a aussi une équipe de softball qui joue le mercredi ou le week-end…

Je m'interrompis, consciente de paraître nerveuse et exaltée.

– Du softball ? répéta-t-elle, comme si elle ne voyait pas de quoi il s'agissait. Je ne suis pas très douée.

– Non, non, on ne joue pas. On regarde, c'est tout. Moi non plus, je ne sais pas jouer. Enfin, si, je sais, mais je ne suis pas très bonne. Il y a des garçons qui…

Je me tus de nouveau avant de passer pour une idiote. Il y avait chez Norma quelque chose qui me poussait à parler pour ne rien dire. Peut-être qu'elle était trop calme, trop sûre d'elle. J'avais l'impression de ne plus pouvoir me contrôler, comme un vélo avec une roue voilée.

Elle but une grande gorgée de thé, puis demanda :

– Ton petit copain joue dans cette équipe de softball ?

Je gloussai, malgré moi.

– Non, pas exactement. Je veux dire… je n'ai pas vraiment de petit ami.

– Ah bon ?

Elle paraissait surprise.

– Enfin… personne en particulier. Et toi, tu as un petit ami ?

– Plus ou moins. Il s'appelle Marshall. Il a envie de m'épouser, mais…

Elle haussa les épaules.

– Tu veux voir sa photo ?

— Bien sûr.

Elle plongea la main dans son sac et sortit un portefeuille. En cuir rouge, avec ses initiales dessus.

Elle me tendit une petite photo d'un garçon brun. Il portait une tenue de footballeur et tenait un casque sous le bras. L'adjectif « beau » était trop faible pour le décrire. Kenny Wells pouvait aller se rhabiller.

— Il est mignon, commentai-je, simplement.

Norma hocha la tête, reprit la photo et la regarda.

— Je crois que je suis amoureuse de lui. Mais c'est difficile à savoir parfois, si on est amoureux de quelqu'un ou pas.

— Ouais, c'est vrai, fis-je, comme si je parlais en connaissance de cause.

— L'année prochaine, il va en fac. Alors, qui sait ce qui va se passer ?

— Il a quel âge ?

— Dix-sept ans. Deux ans de plus que moi. C'est une bonne différence d'âge. D'après ce que j'ai lu quelque part, les filles sont plus mûres que les garçons. Et toi, tu as quel âge ?

— Quatorze.

J'aurais aimé pouvoir ajouter « presque quinze », mais j'aurais menti. Je venais d'avoir quatorze ans en juin.

Soudain, Bodean intervint :

— Tu sais cuisiner ?

Norma le regarda comme si elle avait oublié sa présence.

— Un peu. Je sais faire le gâteau à la cassonade. Tu voudras que je t'en fasse un pendant que je suis là ?

Il hocha la tête timidement, puis ajouta :

– Dutch, elle, elle sait pas cuisiner.

J'avais envie de le tuer. Au lieu de cela, je me tournai vers Norma en levant les yeux au plafond et elle éclata de rire.

– C'est vrai ! insista Bodean. Papa dit qu'on n'a pas fait un repas correct dans cette maison depuis la mort de sa maman.

Cette fois, c'en était trop. Dès que je verrais Flood, je lui dirais ma façon de penser. Il bourrait le crâne de ce garçon avec des sottises.

– Qui est son père ? demanda Norma.

– Mon frère. Il s'appelle Flood. Tu le verras au dîner.

– Et qui est ta maman ? demanda-t-elle à Bodean.

– Ma maman, c'est une mauvaise femme, répondit-il.

Norma se racla la gorge et dit :

– Ça m'apprendra à être indiscrète.

Je ne pouvais rien dire. J'étais trop occupée à imaginer la correction que j'allais flanquer à Bodean.

5

Ce soir-là, le dîner fut animé. La présence d'une nouvelle venue à table rendait soudain notre vie captivante. On lui raconta un tas d'histoires sur nous et Norma sourit et rit chaque fois qu'il le fallait.

— Tu as déjà cueilli du tabac ? lui demanda Bodean, quand il trouva enfin le courage de parler.

— Non. Je ne connais pas grand-chose aux travaux de la terre, je l'avoue.

— C'est pas grave, dit Flood. Nous non plus.

Cette remarque provoqua l'hilarité générale. C'était bon d'entendre Flood plaisanter.

— Qu'est-ce que vous faites pousser d'autre, ici ? demanda Norma.

— Le tabac est notre principale récolte, expliqua Flood. C'est la seule culture qui rapporte. On cultive aussi du maïs, des pommes de terre, des haricots blancs et verts, et quelques tomates.

— Je déteste les tomates ! précisa Bodean, et il rougit quand Norma lui sourit.

— Ce doit être très gratifiant de faire pousser soi-même ce qu'on mange, dit-elle. Je sais que j'en serais incapable, déjà que j'oublie d'arroser les plantes à la maison.

Nouveaux éclats de rire.

Flood dit :

— Personnellement, j'ai toujours rêvé d'avoir un ranch avec du bétail. Je suis bien plus doué avec les bêtes qu'avec les plantes.

Il jeta un bref regard à papa, mais celui-ci gardait les yeux fixés sur son assiette.

— Je suppose que vous vous levez tous avant l'aube, dit Norma.

— Tu supposes bien, répondit Flood.

Papa intervint :

— Je ne conçois pas de vivre autrement. C'est le plus beau moment de la journée. Le monde est bien plus agréable avant que les gens se réveillent et commencent à le piétiner.

Il adressa un sourire à Norma, qui le lui rendit.

— Ne t'en fais, dit Flood, au bout d'un moment tu t'habitueras à la vie à la ferme.

— J'espère, soupira-t-elle.

Elle me regarda et ajouta :

— Je suis sûre que Dutch et moi, on trouvera un tas de choses à faire.

Je lui souris et elle me lança un clin d'œil, pour confirmer quelques plans secrets que nous aurions établis.

Tante Macy n'avait pas grand-chose à dire ; elle était toujours très réservée devant des étrangers. Et puis, c'était elle qui nourrissait la plus vive rancune envers l'oncle Eugene, et je la soupçonnais de ressasser ses préjugés.

Papa se renversa contre le dossier de sa chaise et demanda :

— Comment va ton père, Norma ?

— Bien.

— Ça fait des années que je ne l'ai pas vu.

Tante Macy se raidit. Elle se mit à tortiller ses

cheveux dans sa nuque ; c'était un tic nerveux. J'aurais voulu faire quelque chose pour la détendre, mais aucune idée ne me venait. Alors, je restai là, à ma place, à piocher des morceaux de pain de viande dans mon assiette.

Soudain, Bodean se manifesta de nouveau :

– Hé, tu sais jouer au pouilleux ?

Norma le regarda.

– C'est quoi, ça ?

– Un jeu de cartes, dis-je.

– Non, je n'en ai jamais entendu parler. Mais je serais heureuse d'apprendre.

Flood dit :

– Si tu le laisses faire, ce gamin va te rendre chèvre.

Bodean se renfrogna, mais Flood se pencha pour ébouriffer les cheveux de son fils, ce qui lui arracha un sourire. Flood n'aime pas trop les contacts physiques, voilà pourquoi il faut toujours attacher de l'importance à ce genre de gestes. Celui-ci n'échappa à personne et il nous fit sourire.

À cet instant, je me sentais bien au sein de ma famille. Autour de cette table chacun regrettait quelqu'un – une épouse, un mari, une mère –, mais j'avais l'impression que nous formions un tout.

Papa dit :

– Tu voudras certainement appeler tes parents tout à l'heure, pour leur dire que tu es bien arrivée ?

Le visage de Norma se figea.

Puis elle haussa les épaules et répondit :

– Je ne sais pas. Oui, peut-être.

– Je pense que tu devrais le faire.

– Je leur ai dit que je ne les appellerais sans doute pas avant demain.

– Comme tu veux, dit papa.

Il adressa un petit regard à tante Macy, comme s'ils avaient compris la même chose. Moi, je ne comprenais pas. Je ne pouvais pas concevoir qu'on ne veuille pas appeler chez soi.

Soudain, tante Macy se leva de table et annonça :

– J'ai fait un gâteau à la noix de coco.

– Ah, merde ! dit Bodean. Je déteste la noix de coco.

Flood lui donna une claque sur la tête.

– Surveille ton langage.

Bodean se massa la tempe et dit :

– J'en prendrai quand même un petit bout.

Après le dîner, Norma monta se coucher directement. J'avais envie de la suivre, mais je me disais qu'elle préférait sans doute être seule, et je ne voulais pas jouer les indésirables.

Alors, j'allai dans le salon et je me mis à repasser les chemises de papa. Comme presque tous les soirs avant d'aller dormir. Bizarrement, c'était devenu ma tâche attitrée au fil des ans. Personne à part moi ne repassait ses chemises.

L'été, il en portait une demi-douzaine, toujours les mêmes. Des chemises en jean, délavées et usées à force. Souvent je lui en achetais des neuves, mais il les rangeait dans un tiroir et il ne les mettait pas. Un jour, à Noël, Flood avait offert une chemise à papa, et celui-ci ne l'avait jamais sortie de l'emballage. Au Noël suivant, Flood avait fouillé dans son tiroir, il avait ressorti la chemise et la lui avait offerte une deuxième fois. Papa n'avait rien remarqué.

40

Alors que je repassais, tante Macy entra avec un grand bol de glace à la pêche, faite maison. Je ne pus m'empêcher de m'inquiéter pour elle. Elle mangeait toujours trop quand elle était nerveuse. À la maison, ses « nerfs » étaient légendaires. Elle avait des crises de nerfs comme d'autres ont des crises d'arthrite. Papa disait de tante Macy que c'était une maniaque ; elle avait l'impression qu'elle devait tout contrôler. Chaque fois qu'un détail bouleversait le cours normal des choses, les nerfs de tante Macy se manifestaient.

— Qu'est-ce que tu penses de Norma ? lui demandai-je.

Elle secoua la tête.

— Elle ressemble tellement à Eugene que c'en est effrayant, répondit-elle.

Je continuai à repasser les chemises, en évitant soigneusement les boutons, et je me demandai ce que tante Macy pensait de tout cela au juste. D'un naturel renfermé, elle ne parlait pas souvent d'elle. Ainsi, elle vivait avec nous depuis des années, et pourtant je ne savais presque rien de son passé. Je savais seulement qu'elle avait été mariée deux fois et que ses deux maris étaient morts jeunes. Quant à savoir de quoi ils étaient morts, et pourquoi elle n'avait jamais eu d'enfants, c'était un mystère.

— Tu continues à haïr oncle Eugene ? demandai-je.

Elle me regarda avec des yeux écarquillés.

— Qu'est-ce qui te fait dire ça ?

— Je ne sais pas. Je croyais. À cause de ce qu'il a fait à grand-père et à papa.

Après un moment de silence, elle dit :

– Ma chérie, sache qu'on ne peut pas haïr les siens.

– Pourquoi ?

– C'est comme ça, voilà tout.

– Pourtant, quand des gens font des choses pas bien, on est obligé de les haïr, famille ou pas.

– Oh, ce n'est pas aussi simple, ma chérie. Tu sais ce qu'on dit : les liens du sang sont les plus forts.

– Oui, je connais ce proverbe. Mais je ne le comprends pas.

Après un instant de réflexion, tante Macy dit :

– J'ai été très déçue par Eugene pendant quelque temps. On attend toujours trop des siens. Parfois, ils vous trahissent, mais on ne peut pas les haïr.

– Dans ce cas, pourquoi tu n'as plus voulu lui parler ?

En la regardant après avoir posé cette question, je me dis que j'avais peut-être poussé le bouchon un peu trop loin.

– Je ne sais pas, avoua-t-elle d'une petite voix. Je crois que je n'avais plus envie de lui parler, tout simplement. Je n'avais rien à lui dire, rien qu'il ait envie d'entendre du moins. Et puis, au bout d'un moment, c'est devenu une habitude.

Elle s'interrompit pour manger un peu de glace.

– Mais ça ne veut pas dire que je le hais.

Je fis jaillir un jet de vapeur du fer à repasser et demandai :

– Tu crois que Flood hait Becky ?

– Ça, c'est différent. Les maris et les femmes peuvent en venir à se haïr très facilement. C'est

42

l'autre visage de l'amour. Quand tu seras un peu plus âgée, tu comprendras.

La liste des choses que je comprendrais quand je serais plus âgée ne cessait de s'allonger. Je craignais que cette prédiction ne se réalise jamais et que je continue à vivre dans l'ignorance. Comment est-ce que ça se produisait, le moment venu ? Est-ce que, quand vous atteigniez l'âge requis, quelqu'un vous remettait un livre contenant toutes les réponses aux questions que vous aviez posées ? Agacée par cette réflexion, je me permis de lui lancer sans réfléchir :

— Et toi, tu as haï tes maris ?

Tante Macy laissa tomber sa cuillère dans son bol. *Bling.*

— Mon Dieu, non ! J'ai épousé les deux hommes les plus adorables de la Terre. D'ailleurs, ils étaient si bons que le Seigneur a décidé qu'il ne pouvait pas se passer d'eux.

Elle sourit comme si un souvenir lui revenait en mémoire.

— Ce n'est pas tout à fait exact, reprit-elle. En fait, je ne me souviens que de leurs bons côtés. C'est un des aspects positifs de la mort : les gens oublient tous vos défauts.

Je posai le fer sur sa base et l'éteignis. Tante Macy regardait fixement l'écran noir de la télé.

— Comme avec maman ? demandai-je.

Je n'avais toujours entendu que des choses gentilles à son sujet. Je me demandai si les gens avaient oublié ses mauvais côtés.

L'évocation de maman fit sourire tante Macy.

43

— Difficile de trouver quelqu'un de meilleur. Elle était gentille et drôle. Elle me faisait rire. Elle s'occupait de tout. On avait l'impression qu'il ne pouvait rien nous arriver quand Judy était là.

Je souris à mon tour. Pour moi, ma mère n'avait jamais été « Judy ». Mais c'était un prénom qui semblait correspondre à une personne que tout le monde aimait.

Tante Macy poussa un soupir et ajouta :

— Quel dommage qu'elle ne t'ait pas connue. Elle aurait été fière. Mais Flood… Parfois, je me réjouis qu'elle ne soit plus là pour voir ça. Il y a des jours où on ne dirait pas que c'est son fils.

— Flood est quelqu'un de bien.

— Avant, oui. Mais il n'est plus le même depuis quelque temps.

J'étais fatiguée de bavarder tout à coup ; j'avais envie d'aller me coucher.

— Bonne nuit, dis-je en embrassant tante Macy sur la joue.

— Je suis sûre que tout se passera bien.

Je ne comprenais pas ce qu'elle voulait dire. Sans doute faisait-elle allusion à Flood.

Quand j'entrai dans ma chambre, Norma était assise sur son lit, en train d'écrire dans un petit carnet. Elle avait natté ses cheveux et sa peau était toute rose, comme si elle l'avait frottée énergiquement. Elle portait un T-shirt ample sur lequel était écrit : *Hard Rock Cafe, New York*

— Salut, lançai-je en ayant l'impression d'être une intruse dans ma propre chambre.

Elle leva le doigt, le temps de terminer sa phrase

et de mettre un point à la fin. Puis elle referma son carnet en le faisant claquer.

– Fini !

– C'est quoi ?

– Mon journal.

– Un journal intime ?

– Oui, en quelque sorte. Des fois, c'est une corvée, mais c'est nécessaire.

– Pourquoi ?

– Parce qu'un jour, j'ai l'intention de faire un truc suffisamment important pour que les gens s'intéressent à mon histoire.

– Oh.

– Tu ne tiens pas de journal, toi ?

– Non, pas vraiment.

Tu as tort. Tu devrais considérer ta vie comme une chose importante car peut-être qu'un jour, elle le sera.

J'avais déjà l'impression que ma vie était importante, mais je n'imaginais pas que quelqu'un puisse avoir envie de lire mon histoire.

– Tu parles de ton petit copain dans ton journal ?

– Marshall ? Oui, un peu. Mais je décris surtout mes sentiments intérieurs.

Je hochai la tête, tout en me demandant si j'avais des sentiments intérieurs, moi aussi.

– Il te manque ?

C'était plus fort que moi, j'étais fascinée.

Elle s'allongea en croisant les mains derrière sa tête.

– Je ne veux pas que les gens me manquent.

– Pourquoi ?

– Ça voudrait dire que j'ai besoin d'eux. Or je n'ai besoin de personne.

Elle roula sur le côté, face à moi.

– Je joue en solo. C'est ce que dit papa en parlant de moi. « Ne vous en faites pas pour Norma. Elle joue en solo dans la vie. »

Elle rit et je l'imitai, parce que ça semblait amusant.

– C'est toujours aussi calme ? demanda-t-elle.

– Comment ça ?

– Il n'y a aucun bruit ici.

– Oh. Des fois Flood fait du bruit quand il rentre tard.

Elle ne répondit pas ; elle se contenta de me regarder, et je me sentis un peu gênée. Je me déshabillai en lui tournant le dos et m'empressai d'enfiler ma chemise de nuit. J'aurais aimé avoir un grand T-shirt comme le sien. Jamais je n'avais eu l'idée de dormir avec autre chose qu'une chemise de nuit.

– J'aime bien ta chambre, dit-elle.

Mon cœur s'emplit de fierté, mais je réagis en haussant les épaules.

– Oui, elle est pas mal. Un peu trop banale, peut-être.

– C'est ce qui me plaît. Tout est fonctionnel. Il n'y a rien en trop.

Après une pause, elle ajouta :

– À part ces cadres. C'est l'horreur quand tes parents accrochent des trucs nazes comme ça dans ta chambre, hein ?

Ma fierté vola en éclats. Ces cadres étaient ceux que j'avais achetés à la supérette. C'était la seule

chose dans cette chambre qui m'appartenait réellement. Et c'était la seule chose que Norma n'aimait
pas.

— Oh, ça, dis-je avec un rire forcé. Je ne sais pas
d'où ça vient.

— Allez, bonne nuit.

J'éteignis la lumière et restai éveillée dans l'obscurité ; je me sentais jeune et stupide. Soudain,
Norma dit :

— C'est bon d'avoir une cousine. C'est un peu
comme avoir une sœur.

Toutes mes inquiétudes s'envolèrent, telles des
feuilles mortes chassées par un vent violent.

6

Le lendemain matin, je me levai tôt et descendis sans faire de bruit, en prenant soin de ne pas réveiller Norma. Elle dormait à poings fermés, sur le dos, une main pendant négligemment dans le vide. Même ça, dormir, on avait l'impression qu'elle savait le faire mieux que tout le monde.

Je m'attaquai à mes tâches domestiques, en espérant les finir au plus vite pour passer la journée avec Norma. Bodean était déjà debout, et à mon grand étonnement, il m'aida à récurer la cuisine sans ronchonner. Par la fenêtre, je voyais les hommes qui travaillaient dans les champs de tabac. Même de loin, je remarquais que la récolte s'annonçait mal. Habituellement, à cette époque de l'année, les feuilles poussent à toute vitesse et laissent apparaître de grosses fleurs blanches qu'il faut cueillir pour les empêcher de grandir.

Mais ce matin, les hommes ne cueillaient pas ; ils restaient les bras croisés, à regarder les feuilles en secouant la tête. En les observant, je repensai au temps où je les aidais. Papa n'aimait pas que je travaille dans les champs ; il disait que c'était un travail trop dur pour quelqu'un de mon âge. Néanmoins, quand ils manquaient de bras, je m'y mettais avec tout le monde.

Ce n'était pas si dur au début, le matin, quand le jour se levait à peine. On avançait presque à tâtons entre les feuilles, en bavardant avec son voisin de rang. Très souvent, quelqu'un entonnait une chanson, que nous reprenions en chœur. Quand venait le moment du petit déjeuner, on avait l'impression d'avoir déjà fait une journée entière de travail.

Dès que le soleil se levait, ça devenait épouvantable. Vos vêtements étaient trempés, vos cheveux se plaquaient sur votre front, les moucherons et les mouches vous tournaient autour. La résine des feuilles de tabac s'amassait sur les mains, qui devenaient lourdes à force. J'arrêtais vers l'heure du déjeuner, mais les autres continuaient tout l'après-midi. Quand je repensais à ces moments pénibles, j'étais contente que papa ne m'oblige pas à travailler si je n'en avais pas envie.

J'avais pris l'habitude de mesurer l'avancée de l'été par rapport au tabac. Le moment d'arracher les feuilles du haut signalait que l'école allait bientôt recommencer. C'était comme un calendrier, et privée de ce repère désormais, j'étais perdue. Tout semblait sens dessus dessous.

Soudain, Bodean dit :

– Elle est sympa pour une fille, tu trouves pas ?

Il me fit sursauter. J'avais oublié qu'il était là.

– Tu parles de Norma ?

Il hocha la tête, sans oser me regarder.

– Elle te plaît, hein ? dis-je.

– Arrête ton char !

– Oh, oh ! Je crois bien que Bodean s'est trouvé une petite amie, oui monsieur !

– Lâche-moi ! répondit-il en me visant avec une éponge.

– Il n'y a rien de honteux, Bodean. C'est une jolie fille et tu es un beau jeune homme.

– Je vais te tabasser !

– Pourquoi tu ne lui proposes pas un rendez-vous ?

Ce fut la goutte d'eau qui fit déborder le vase. Il se jeta sur moi pour me rouer de coups de poing. Il était rouge comme une tomate et il avait des larmes de colère dans les yeux. Je dus le saisir par les poignets pour l'obliger à arrêter.

– Qu'est-ce qui te prend, Bodean ?

– Je te déteste ! cracha-t-il en essuyant ses yeux. J'aimerais que ce soit elle qui vive ici, à ta place.

– Vraiment ? Dans ce cas, peut-être qu'elle va rester et que moi, j'irai vivre en ville.

– Tant mieux !

– Allez, va balayer la véranda.

– Non.

– Ne m'énerve pas, Bodean. Je ne suis pas d'humeur.

Il me fit une grimace et me décocha un coup de pied dans le tibia pour faire bonne mesure. Puis il sortit sur la véranda. J'entendis claquer la porte à moustiquaire et quelques secondes après, je le vis traverser le jardin en courant, vers les champs. Sans doute allait-il me dénoncer à Flood, mais je m'en moquais.

Sur les coups de dix heures, Norma descendit. J'avais eu le temps de nettoyer tout le rez-de-chaussée et d'aider tante Macy à étendre le linge. Celle-ci ne cessait de regarder sa montre en disant : « Elle aime faire la grasse matinée, hein ? » Tout dans la maison tournait autour de Norma désormais. À tel point que je me demandais comment on avait pu vivre sans elle jusqu'à présent.

Elle apparut vêtue d'un haut qui laissait voir son nombril et d'un short découpé dans un jean. Ses cheveux étaient tout emmêlés et ébouriffés. Elle portait une fine chaîne en or à la cheville. À côté d'elle, je me sentais ordinaire, alors que j'avais mis mon plus beau short et un chemisier blanc tout propre.

– Bonjour, tout le monde ! lança-t-elle en entrant dans la cuisine. Je crois que j'ai oublié de me réveiller.

– Oui, je crois aussi, répliqua tante Macy. Tu étais sans doute épuisée par ce long voyage. Je vais te préparer ton petit déjeuner.

Elle nous fit des pancakes et nous autorisa à boire chacune une tasse de café. Norma avala la sienne comme si c'était une chose normale.

– Alors, qu'as-tu envie de faire aujourd'hui ? lui demandai je.

– Ce que tu veux.

– Il fait trop chaud pour faire du vélo. On pourrait aller au Trou Bleu.

Elle plissa le nez en riant.

– C'est quoi, ce truc ? Ça fait peur !

– C'est un coin super pour se baigner. À Blue Stone Creek, dans un endroit où l'eau est très profonde.

– Comme un lac ?

– Oui, un peu, mais moins grand. C'est dans les bois. Il y a plein de grands rochers tout autour pour sauter.

Plus je décrivais cet endroit, plus il me semblait dénué d'intérêt. En fait, je ne m'étais jamais posé la question ; j'allais me baigner au Trou Bleu depuis toujours, aussi loin que je m'en souvienne. Il y avait un tas d'autres endroits où on pouvait se baigner, mais le Trou Bleu, c'était le meilleur. C'était plus ou moins isolé, et l'eau était assez profonde pour plonger. On pouvait se faire bronzer sur les berges ou suivre le chemin jusqu'à l'endroit où la rivière se mettait à bouillonner. Je ne pouvais pas concevoir que Norma n'aime pas cet endroit.

— Il y a des serpents ? demanda-t-elle.

— Non, pas vraiment. Une fois par an, environ, quelqu'un en voit un, mais les garçons le tuent avec une pierre.

— Les garçons ?

— Oui.

— Quel genre ?

— Des garçons, quoi.

Elle hocha la tête et se mordilla la lèvre supérieure. Finalement, elle dit :

— Pourquoi pas ? Je ne me suis jamais baignée dans un lac.

Sur ce, elle monta se changer. Moi, j'avais déjà enfilé mon maillot sous mes vêtements, alors je l'attendis en bas. Quand elle redescendit, elle portait un grand T-shirt noir qui s'arrêtait en haut des cuisses et des sandales. Elle avait renatté ses cheveux. Bref, la perfection. Norma était le genre de personne qui vous donnait envie de vous précipiter vers un miroir pour vérifier que vous n'aviez pas quelque chose de coincé entre les dents.

Alors qu'on s'apprêtait à partir, Bodean entra en flânant.

— Où tu vas, mocheté ? demanda-t-il.

Norma répliqua :

— Est-ce comme ça qu'on parle à sa cousine ?

Il s'empourpra et répondit, sans la regarder :

— C'est pas à toi que je parlais. C'est à elle !

Il me donna un coup de pied dans le tibia.

— Et alors, dit Norma, est-ce comme ça qu'on parle à sa tante ?

— C'est pas ma tante !

— C'est bien la sœur de ton père, non ?

— C'est peut-être sa sœur, mais c'est pas ma tante.

Je n'essayai même pas de discuter avec lui. Il était dans un mauvais jour.

— En tout cas, dit Norma, c'est ma cousine et elle n'est pas moche. Je te conseille de t'excuser ou sinon, tu ne viendras pas te baigner avec nous.

— Peut-être que j'ai pas envie d'y aller, rétorqua Bodean, alors que c'était la chose qu'il désirait le plus au monde.

— Soit. On ira sans toi.

Elle ouvrit la porte et Bodean se précipita pour passer devant nous.

— Pardon de t'avoir traitée de mocheté, mocheté.

— Bon, ça va, dit Norma et il nous emboîta le pas en s'amusant à lancer des cailloux sur les écureuils qui couraient sur les fils électriques.

On traversa le bois en évitant les orties. Bodean avait appris à les identifier chez les scouts et maintenant, on ne pouvait pas passer devant une simple feuille sans qu'il se mette à brailler.

— Tu es un vrai aventurier, ironisa Norma lorsqu'il la poussa sur le côté pour la cinquième fois.

– Je sais aussi que les champignons sont toxiques, déclara-t-il.

Le chemin qui menait au Trou Bleu avait été creusé à force de passages, et avant même d'apercevoir l'eau, on entendait les cris et les *plouf!* des baigneurs.

– J'adore! s'extasia Norma. C'est tellement… naturel.

– Tu te baignes où à Richmond?

– Dans la piscine.

– Vous avez une piscine chez vous?

– Oh, non, dit-elle en riant. On fait partie d'un club.

– Oh.

Je me sentis bête. Heureusement, le Trou Bleu apparut et l'excitation prit le dessus.

Il y avait déjà foule. Le plus gros rocher était envahi de gens qui sautaient, plongeaient ou chahutaient. Sur les pierres plus petites, des filles se faisaient bronzer. Les berges accueillaient plutôt les mères et les jeunes enfants. Les rochers étaient strictement réservés aux adolescents. Tout cela semblait parfaitement codifié, et chacun connaissait sa place.

J'étais contente que Norma découvre le Trou Bleu sous son plus beau jour. Le soleil qui brillait dans un ciel sans nuages faisait paraître l'eau plus bleue, et tout autour, les arbres apportaient une impression de fraîcheur.

Subjuguée par ce spectacle, je faillis ne pas remarquer Kenny et Ethan, assis sur le gros rocher. Ils tournaient la tête vers nous.

Bodean déclara :

– Je vais plonger du haut du rocher!

— Viens, dis-je à Norma.

Kenny et Ethan ne nous quittèrent pas des yeux pendant qu'on gravissait le rocher, vers l'endroit où ils étaient assis.

Kenny passa sa main dans ses cheveux mouillés et croisa les bras, pour essayer de gonfler ses muscles.

— Mais c'est Dutch Peyton ! s'exclama Kenny.

Il gardait les yeux fixés sur Norma.

— Kenny, Ethan, je vous présente ma cousine Norma.

Ils la saluèrent d'un hochement de tête. Elle se contenta d'un sourire. Ils marmonnèrent quelques paroles, d'où il ressortait que l'eau était froide.

Norma ôta son T-shirt. Elle portait un bikini rouge qui ne couvrait que l'essentiel. Elle avait une poitrine parfaite et un ventre plat. Si ses jambes étaient un peu trop blanches, elles étaient galbées aux bons endroits et musclées, comme des jambes d'athlète. Tante Macy disait que les hommes n'aimaient pas les femmes aux cuisses musclées, mais de toute évidence, elle se trompait. En regardant Kenny et Ethan, on avait l'impression qu'un simple coup de vent aurait pu les renverser.

— Il fait chaud, commenta-t-elle.

J'ôtai mon short, mais pas mon T-shirt. Je ne me sentais pas encore prête à m'exhiber. Norma étendit sa serviette et s'assit. Le plus stupéfiant, c'était qu'elle ne semblait pas avoir conscience de son corps parfait.

— Regarde-moi, Norma ! s'écria Bodean.

Et il sauta dans l'eau en faisant une bombe à l'envers.

— Il est mignon, dit-elle en pouffant.

Kenny et Ethan s'étaient rapprochés d'elle, en continuant à gober les mouches.

Finalement, Kenny demanda :

— Alors, comment tu trouves Marston ?

— Je n'en ai pas vu grand-chose, répondit-elle. Mais ça a l'air sympa.

— C'est d'un ennui mortel, dit Ethan. Tu t'en rendras vite compte.

— C'est bien de pouvoir s'ennuyer, répondit-elle mystérieusement, d'une voix empreinte de tristesse.

Puis elle parut se ressaisir et c'est elle qui les interrogea sur leur vie. J'en profitai pour ôter mon T-shirt. Tant qu'elle parlait, je savais qu'ils ne me regarderaient pas.

Je restai là, à contempler l'eau, les genoux repliés contre la poitrine. Les frères Grogan batifolaient dans l'eau peu profonde, une cigarette coincée entre les lèvres. Charlene Crab et Marcia Meadows étaient assises sur la berge, à proximité. C'étaient les filles les plus populaires du lycée, et elles semblaient un peu dépitées d'avoir perdu l'attention de Kenny et d'Ethan. À vrai dire, presque tout le monde regardait Norma, même les femmes accompagnées d'enfants. Curieuse impression de voir tous ces regards tournés dans ma direction sans que personne ne me remarque ; je commençais à me sentir invisible.

Soudain, un cri aigu me fit tourner la tête ; les frères Grogan s'amusaient à éclabousser Bodean. Celui-ci tentait de les frapper, mais ses petits poings n'atteignaient que le vide, et les deux autres riaient et l'éclaboussaient de plus belle. Je me levai d'un bond.

— Hé, arrêtez ! criai-je.

Les Grogan levèrent les yeux vers moi.

– Laissez-le tranquille !

– On fait rien de mal ! répliqua Daryl, le plus âgé et le plus laid des Grogan.

Sur ce, il posa la main sur le crâne de Bodean et lui enfonça la tête sous l'eau. Je sautai dans la rivière et nageai vers eux. Les Grogan me regardèrent avec un grand sourire, sans faire tomber leurs cigarettes. Je pris mon neveu par les épaules et l'entraînai à l'écart.

– Pauvres tarés de péquenauds ! Attaquez-vous à quelqu'un de votre taille !

– Tu penses à une personne en particulier ? rétorqua Daryl.

– Tu préfères qu'on s'occupe de toi ? renchérit Jimmy.

Avant que je puisse réagir, il m'avait attrapée et balancée sur son épaule.

Je me débattis en hurlant, mais il était aussi fort que stupide, et je ne parvenais pas à me libérer. Bodean voulut intervenir. Daryl le ceintura et le lança dans l'eau comme un vulgaire ballon. Finalement, ils me déposèrent dans l'herbe, puis ils en firent autant avec Bodean. On resta assis là, tous les deux, à crachoter et à reprendre notre souffle. Charlene et Marcia caquetaient comme des poules.

Kenny et Ethan avaient sauté dans la rivière ; s'ils avaient l'intention de nous aider, c'était trop tard. Dans l'eau jusqu'à la taille, ils regardèrent les Grogan, puis reportèrent leur attention sur nous.

– Ça va ? cria Ethan.

Je répondis par un hochement de tête, en crachant

de l'eau. Là-haut sur son rocher, Norma paraissait sereine et belle, aussi attirante qu'une sirène. Et moi, en bas, j'étais clouée au sol comme un sac de patates. Tout ça à cause de Bodean. Ce garçon détruisait ma vie.

— Pourquoi faut-il toujours que tu t'attires des ennuis ? demandai-je d'un ton cassant.

Il cracha de l'eau dans l'herbe et répondit :

— Pffft, j'ai pas peur d'eux.

7

Sur le chemin de la maison, je me sentais meurtrie, blessée et honteuse. Je n'avais pas envie de parler. La scène au Trou Bleu avait eu l'effet inverse sur Bodean : il voulait faire oublier son humiliation en vantant haut et fort ses mérites. La chaleur était intense et le son de sa voix commençait à nous fatiguer, Norma et moi.

— Au printemps dernier, j'ai tué trois grouses dans la même journée. Tu sais ce que c'est, une grouse ?

— Non, répondit Norma avec un sourire las.

— C'est comme une sorte d'oiseau. C'est pas facile de viser un truc aussi petit. Y en a qui pensent que c'est un exploit de tuer un cerf, alors que c'est beaucoup plus dur d'atteindre un oiseau riquiqui. Mon papa a dit que j'étais le meilleur chasseur de grouses qu'il connaissait, pour mon âge.

Norma soupira.

— Franchement, dit-elle, je ne comprends pas comment tu peux avoir envie de tuer un pauvre petit animal innocent qui ne t'a rien fait.

Bodean demeura hébété. Jamais il n'avait réfléchi à l'aspect éthique de la chasse. Moi non plus, d'ailleurs, étant donné que j'avais grandi avec. Je pensais que tout le monde chassait. Mais maintenant que Norma le faisait remarquer, ça me paraissait cruel, en effet.

Après avoir cherché ce qu'il pourrait rétorquer, Bodean dit :

— On les tue pour les manger. Tu manges bien du poulet, non ? Pourtant, ils t'ont rien fait, les poulets.

J'étais impressionnée. C'était la première fois que j'entendais mon neveu s'exprimer de cette manière.

— Justement, répliqua Norma, il me semble qu'il y a déjà suffisamment de viande au supermarché, pas besoin de tuer d'autres animaux.

Bodean lui jeta un regard noir, puis baissa les yeux en faisant la moue. J'étais désorientée. Norma avait une façon de dire les choses qui vous donnait envie d'y croire, même si vous n'étiez pas d'accord.

Soudain, elle se tourna vers moi et demanda :

— Tu crois que ça embêterait ton père si je passais un appel longue distance ?

— Non, non, vas-y. Il t'a dit que tu devrais appeler tes parents.

— Oh. En fait, je pensais appeler Marshall.

— Tu n'as pas envie d'appeler tes parents ?

Elle hésita, avant de lâcher :

— Mes parents et moi, on ne communique pas.

— Ah, fis-je, comme si je comprenais.

À l'entendre, aucune personne sensée ne communiquait avec ses parents.

— Ces garçons, ils étaient plutôt sympas, dit-elle pour changer de sujet. C'est des copains à toi ?

— Kenny et Ethan ?

— Ils ont du charme.

Un tas de mots pouvaient s'appliquer à Kenny et Ethan, mais je n'étais pas certaine que le charme en fasse partie.

– Oui, sans doute.

– Tu crois qu'on pourra assister au match de softball demain ? Je leur ai dit qu'on irait.

– Tu leur as dit ça ?

– Oui. J'espère que ça ne t'embête pas. Ça avait l'air amusant.

– Non. Euh, je veux dire, oui, ce serait chouette. Généralement, ils gagnent.

Bodean demanda :

– Tu manges bien du steak, non ? Pourtant, jamais une vache t'a fait du mal.

– Bodean, répondit Norma d'un ton acide, je n'ai plus envie de parler de ce sujet, si ça ne t'ennuie pas ?

Bodean haussa les épaules.

– Arrête ton char, dit-il sans grande conviction, comme s'il n'avait plus foi en sa réplique fétiche.

Je le regardai ; il paraissait si maigre, si petit. Je le revoyais en proie aux frères Grogan, être minuscule, seul dans un monde méchant. À un moment donné, j'avais cessé d'être en colère après lui ; j'avais eu envie de le protéger. Il me semblait que c'était ma mission.

Quand on arriva à la maison, papa était dans le jardin, il discutait avec deux hommes que je ne connaissais pas. Ils portaient des costumes, ce qui leur donnait un air étrange. Par ici, les hommes ne se mettent jamais sur leur trente et un, sauf pour aller à l'église. De loin, je voyais que papa semblait inquiet. Seuls les deux hommes parlaient, et quand on s'approcha, j'entendis le murmure monotone de leurs voix, sans toutefois saisir ce qu'ils disaient.

— C'est qui ? demanda Norma en se protégeant les yeux avec sa main.

— Je ne sais pas.

— Ça semble sérieux.

— Oh, sûrement que c'est juste…

Je ne pouvais même pas formuler d'hypothèse.

— Peut-être qu'il vaut mieux éviter de les interrompre, dit-elle.

— Viens, on va s'asseoir à l'ombre.

On s'installa sous le grand noyer, même si, en vérité, il ne faisait pas beaucoup plus frais à l'ombre. Aussitôt, Bodean décida de grimper dans l'arbre pour faire son intéressant, une fois de plus, mais Norma l'avait oublié depuis longtemps. Quant à moi, je ne quittais pas des yeux les deux hommes. L'un d'eux pointait le doigt sur le visage de papa, mais celui-ci regardait ses pieds en raclant l'herbe avec le bout de sa botte.

— Hé, les filles ! cria une voix venue d'en haut.

Je levai la tête. Bodean était perché sur une branche.

— Descends de là avant de te rompre le cou ! criai-je.

— Arrête ton char !

Au bout d'un moment, Flood sortit de la maison et rejoignit papa. Il ôta son chapeau pour s'essuyer le front. Il avait une mine encore plus renfrognée que d'habitude. À la place de ces hommes, j'aurais eu peur de lui.

Norma dit alors :

— Ton frère, il est fascinant, hein ?

— Comment ça ?

– C'est une énigme.

– Ah bon ?

– Oui, un mystère, quoi.

– Ah. Peut-être.

– Il a l'air si fort… et si triste en même temps.

Elle le regardait fixement en mâchonnant l'extrémité de sa natte. Finalement, elle demanda :

– Qu'est-ce qui s'est passé entre lui et sa femme ?

Je levai les yeux vers Bodean. Perché sur une branche haute, il ne faisait pas attention à nous.

– Je ne sais pas, répondis-je. Elle est partie.

– Elle avait forcément une raison. Je veux dire… C'est lui qui lui a demandé de partir ?

– Non, je ne crois pas. Il n'en parle jamais, en fait.

– Pourquoi elle n'a pas emmené Bodean avec elle ?

– Je ne sais pas, dis-je, agacée. Ça la regarde.

– Je trouve ça égoïste.

– Tu ne la connais pas ! Tu ne sais absolument rien d'elle.

– C'est pour ça que je te demande, rétorqua-t-elle froidement.

Je tournai la tête. Papa et Flood étaient en train d'échanger des poignées de mains avec les deux hommes. Je me sentis un peu rassurée. Les visiteurs montèrent dans leur voiture, une Cadillac flambant neuve. Papa et Flood, côte à côte, les regardèrent partir. Puis Flood retourna dans la maison, alors que papa demeurait immobile, pendant que la voiture s'éloignait dans un nuage de poussière.

– Sans doute qu'elle n'était pas assez forte pour lui, reprit Norma. Un homme fort a besoin d'une femme forte.

63

Je n'eus pas le temps de répondre. Papa nous avait vues et il marchait vers nous.

Bodean s'exclama :

– Hé, regardez-moi !

Ce que je fis. Je trouvais qu'il était beaucoup trop haut.

– Descends, Bodean ! Immédiatement !

– Les filles, ça a peur de tout, grogna-t-il en redescendant avec agilité.

– Hello, mesdemoiselles, dit papa. Alors, la baignade était bonne ?

– Excellente ! Merci, oncle Earl, répondit poliment Norma.

C'était bizarre d'entendre quelqu'un l'appeler « oncle ».

– Qu'est-ce qu'ils voulaient, ces deux messieurs ? demandai-je.

– Oh, rien, dit-il dans un soupir. C'est des gens de la banque.

– Quelle banque ?

– Celle qui nous a accordé le prêt pour la ferme. Tous les ans, ils viennent voir où on en est. Ils veulent s'assurer qu'ils ont fait un bon investissement.

– Pourquoi il te montrait du doigt comme ça ?

Il secoua la tête. Ses cheveux étaient parsemés de petits poils blancs qui brillaient au soleil comme des flocons de neige. Je ne les avais jamais remarqués.

– Aucune idée, ma chérie. Mais ne t'inquiète pas.

Bodean était redescendu de l'arbre, non sans s'égratigner les deux genoux.

– Tu m'as vu tout là-haut, grand-père ?

– Hmm.

– J'étais super haut !

– En effet.

En se retournant, il murmura quelque chose, comme s'il parlait tout seul. Mais je l'entendis.

Il dit : « Tout le monde peut monter très haut, à condition de pouvoir s'appuyer sur quelque chose. »

Sur ce, il repartit vers la maison. On le suivit sans poser de question. Brusquement, toute cette journée ressemblait à un pneu crevé qui se dégonfle peu à peu.

8

Après le dîner, Flood se rendit en ville, pendant que Norma et moi, on allait s'asseoir dans le jardin pour manger des pastèques. Il faisait moins chaud, mais l'air demeurait collant, moite. La lune montrait déjà son nez, bien qu'il fasse encore jour, et le ciel était d'un bleu délavé.

— Le diable bat sa femme, dit Bodean.

— Quoi ? fit Norma.

— Quand la lune apparaît avant la tombée de la nuit, ça veut dire que le diable bat sa femme, expliquai-je.

Elle rit.

— Qu'est-ce qui te fait croire que le diable a une femme ? demanda-t-elle.

Je haussai les épaules.

— C'est un proverbe.

Quand on eut terminé nos pastèques, Norma m'apprit à faire la roue et l'équilibre sur les mains. Elle était membre de l'équipe de gymnastique de son lycée et connaissait un tas de figures. J'appris très vite et Norma dit que je ferais une bonne gymnaste, moi aussi.

— On n'a pas ça dans mon école, dis-je.

— Ah bon ? Alors, peut-être que tu pourrais être *pom-pom girl.*

— Oui, peut-être, répondis-je.

Je ne savais pas comment lui expliquer que seules

des filles comme Charlene Crab et Marcia Meadows pouvaient être *pom-pom girls*, des filles avec de longues jambes, des rires pétillants et des cheveux qui se balançaient quand elles marchaient. Moi, je n'appartenais qu'à un club : les Futures Femmes d'Intérieur d'Amérique.

Papa et tante Macy étaient assis dans des rocking-chairs sur la véranda ; ils chuchotaient. J'étais curieuse d'entendre ce qu'ils disaient ; ils semblaient inquiets. J'essayai de demeurer à proximité de la véranda, mais Norma n'arrêtait pas de me distraire en me montrant de nouvelles acrobaties. Elle pouvait rester en équilibre sur les mains pendant un temps infini, le dos légèrement cambré ; ses bras ne tremblaient même pas. Bodean faisait mine de ne pas être impressionné.

— Je fais beaucoup mieux ! lança-t-il

Il parvint à demeurer en équilibre sur la tête pendant une demi-seconde avant de retomber lourdement sur les fesses.

— À ton avis, où est allé Flood ? demanda Norma, alors qu'on retournait s'asseoir, épuisées à force de sauter dans tous les sens.

— Jouer au billard, sûrement.

Habituellement, il n'y allait que le week-end, mais depuis quelque temps, il sortait beaucoup plus souvent.

— Oh, fit Norma en posant son menton sur ses genoux. Il a quel âge, tu disais ?

Je ne lui avais pas dit l'âge de Flood. En vérité, je n'en étais même pas sûre.

— Je crois qu'il a environ trente-deux ans. Il venait de quitter le lycée quand je suis née.

– Il a une petite copine ?

– Bien sûr que non ! Il est marié.

– Tu veux dire qu'ils n'ont pas divorcé ?

– Oh, si. Techniquement, il est divorcé. Mais Becky est toujours sa femme. Je veux dire, elle est toujours la mère de Bodean.

Je ne savais pas trop ce que je voulais dire, en fait. Je n'aimais pas songer que Flood et Becky étaient divorcés ; cela signifiait que Becky n'avait plus aucun lien avec nous, sauf avec Bodean, et même celui-ci ne me paraissait pas très solide.

– Tu ne crois pas qu'il serait temps que Flood recommence à vivre ? demanda Norma.

– Il vit très bien comme ça.

– J'ai l'impression qu'il lui manque quelque chose, non ?

Bodean s'avança vers nous, les mains tendues et jointes, comme s'il transportait de l'eau.

– J'ai quelque chose pour toi, dit-il à Norma.

– C'est quoi ?

– Un truc.

Elle lui offrit sa paume en soupirant. Bodean ouvrit les mains et une luciole à la queue orange vif s'en échappa. Norma poussa un petit cri et chassa l'insecte d'un geste. Bodean gloussa.

– Sale petit morveux ! Tu mériterais une bonne fessée !

À voir la réaction de Bodean, on aurait cru qu'elle l'avait giflé. Il fit sa bouche boudeuse, comme quand il allait se mettre à pleurer. J'avais vu ça si souvent.

– Toi aussi, tu mérites une bonne fessée ! lança-t-il, et il partit en courant.

— Pourquoi as-tu fait ça ? demandai-je. Il voulait te faire un cadeau.

— Je ne veux pas de cadeau. Je veux qu'on me fiche la paix.

Elle me tourna le dos et regarda en direction de la route déserte qui passait devant la maison. J'attendais qu'elle s'excuse, mais elle ne paraissait pas pressée de le faire.

Alors, je demandai :

— Tu ne te plais pas ici ?

Elle me dévisagea comme si j'avais dit une chose scandaleuse.

— Oh, si ! répondit-elle d'un ton ironique. J'adore être envoyée dans une maison pleine de gens que je ne connais pas.

— Dans ce cas, peut-être que tu ferais mieux de t'en aller, répliquai-je.

Je n'arrivais pas à croire qu'on était en train de se disputer. Alors qu'on semblait si bien s'entendre.

— Pour aller où ? demanda-t-elle.

— Chez toi.

— Ouais, c'est ça.

Elle se leva en brossant l'arrière de son short, puis marcha vers la maison. À cet instant, la peur m'envahit ; je craignais qu'elle fasse sa valise pour de bon.

Elle passa devant papa et tante Macy sans un mot, puis claqua la porte derrière elle. Papa me faisait les gros yeux, comme si c'était moi la fautive. Je regardai piteusement mes pieds, tachés de vert par l'herbe. Je me sentais honteuse et triste.

Au bout de quelques minutes, je me levai pour rejoindre ma cousine.

Alors que je passais devant papa, il demanda :

– Quelque chose ne va pas ?

Je me contentai de hausser les épaules.

Je trouvai Norma assise par terre dans ma chambre, en train de faire le grand écart. Penchée en avant, le pied dans la main, elle touchait son genou avec son front. J'avais du mal à croire que quelqu'un puisse faire ça avec son corps. J'avais l'impression qu'elle risquait de se blesser.

– Salut, dit-elle sans lever la tête.

– Salut.

Finalement, elle se redressa et me sourit.

– Je suis obligée de faire mes exercices si je veux rester souple.

Je la regardai avec étonnement. On aurait dit qu'elle avait oublié ce qui venait de se passer.

– Je suis désolée, dis-je, même si j'aurais préféré qu'elle le dise en premier.

– Désolée pour quoi ?

– Notre dispute.

– Ce n'était pas une dispute.

– C'était quoi, alors ?

Elle réfléchit, puis éclata de rire.

– J'étais mal lunée et j'ai été désagréable, voilà tout. J'aurais dû te prévenir. J'ai d'horribles sautes d'humeur. Des fois, je disjoncte, mais ça ne veut pas dire que je suis folle. Tu as pensé que j'étais folle ?

– Euh… oui.

– Tu es super sensible comme fille, hein ? demanda-t-elle en se penchant vers son autre jambe.

Elle demeura longuement dans cette position,

et quand elle se redressa, le sang lui était monté à la tête, et elle avait le visage rouge.

— Oui, peut-être, dis-je, bien que je ne me sois jamais posé la question.

— C'est une qualité.

Elle croisa ses jambes en tailleur et m'observa.

— Les hommes aiment les femmes sensibles. Marshall dit que je ne suis pas assez sensible et je crois qu'il a raison. C'est ça qui me plaît chez lui : il a compris qui j'étais.

Je m'assis à côté d'elle, en me demandant combien de temps il me faudrait pour la comprendre. Elle me donnait le tournis à force de passer si brutalement d'un état à l'autre. On aurait dit que les sentiments la traversaient sans s'arrêter, comme de l'eau qui coule dans un verre sans fond.

— Vous vous disputez souvent, Marshall et toi ?

— Arrête d'employer ce mot, répondit Norma. On voit que tu ne sais pas ce qu'est une vraie dispute.

— Si.

Elle secoua la tête.

— Dans ta famille, on se chamaille. On se querelle, peut-être. Mais une dispute, c'est autre chose. C'est plus profond. Tu as l'impression qu'on te déchire à l'intérieur. Tu n'as jamais connu ça, hein ?

Je la regardai sans répondre. Sa voix me faisait peur. Elle ramena ses genoux contre sa poitrine et y posa son menton.

— Non, reprit-elle, Marshall et moi on ne se dispute pas. Mais on s'affronte parfois.

— À quel sujet ?

— Oh, des bricoles. Le football, par exemple. C'est

une obsession chez lui. Moi, je dis que c'est juste un prétexte pour taper sur les autres. Il dit que je ne comprends pas. De toute façon, les hommes sont trop obnubilés par le sport, tu ne trouves pas?

— Oui, sans doute. Ethan est comme ça, aussi. Même quand il a faim, il préfère aller taper dans une balle plutôt que de manger.

Norma hocha la tête et se mordilla la lèvre.

— Je m'en doutais.

— Quoi donc?

— Il te plaît, hein?

Je me raidis.

— Non, pas du tout… C'est juste un ami.

— Allons, Dutch. Ça se voit sur ton visage quand tu parles de lui.

— Ah bon?

— Il doit le savoir, d'ailleurs. Ou peut-être que non. Les garçons sont plutôt ralentis de ce côté-là.

— Je ne suis pas amoureuse d'Ethan, affirmai-je. Du moins, je ne crois pas.

— Allez! On est amies, non? Tu ne dois pas avoir de secrets pour moi.

Il me semblait impossible de lui cacher quoi que ce soit, même si je l'avais voulu. Elle savait des choses sur moi que j'ignorais! Voilà donc pourquoi j'avais les mains moites en présence d'Ethan; pourquoi mon cœur s'emballait quand je le voyais. J'avais cru que c'était juste les nerfs, comme chez tante Macy.

— Ne le dis à personne, surtout, lui glissai-je dans un murmure. S'il te plaît.

— À qui je pourrais le dire?

— Je ne sais pas. Mais j'en mourrais… je me tuerais si quelqu'un l'apprenait.

— Mais non. Arrête ton cinéma.

— C'était une façon de parler.

— Écoute… si tu essaies d'attirer son attention, tu t'y prends mal. Tu ne dois pas afficher tes sentiments sur ton visage.

— Je ne m'en rendais pas compte.

— C'est pour ça que je te le dis. Tu ne peux pas t'exposer de cette façon. Car une fois que ton secret est éventé, tu perds l'avantage.

— Qu'est-ce que je devrais faire, alors ?

Je détestais ce ton désespéré. Maintenant que j'avais avoué mon attirance pour Ethan, je me sentais mise à nu. C'était effrayant d'exhiber un tel sentiment à la face du monde.

— Premièrement, dit Norma, quand tu es avec lui, tu devrais l'ignorer un peu. Pour qu'il s'inquiète. Flirte avec son copain.

— Kenny ?

— Oui. Ça le rendra jaloux. Et une fois qu'un garçon est jaloux, c'est un jeu d'enfant.

— Tu fais ça souvent ?

— Tout le temps. Ça fait partie des choses auxquelles je crois. L'indifférence, c'est ta seule protection.

— Par rapport à quoi ?

— À tout. Et à tout le monde. Reste secrète. Oblige les gens à s'interroger.

— Comment tu as appris tout ça ?

Elle haussa les épaules.

— Question d'expérience.

Elle se renversa sur ses coudes et fit pendre ses cheveux dans son dos.

– Ça marche pour tout, pas uniquement avec les garçons. Tu peux te protéger de n'importe quoi si tu sais t'y prendre. Quand quelque chose te tracasse, regarde ailleurs en te disant : « Je m'en fiche. » Essaie, tu verras.

Je songeai aux feuilles de tabac brûlées par le soleil cruel et je me dis : « Je m'en fiche. » Mais ça me parut idiot et inutile, comme tous les mensonges.

– Ne t'en fais pas, on le poussera à s'intéresser à toi, reprit Norma, comme si elle était déjà en train d'élaborer un plan.

J'aurais voulu en savoir plus sur sa stratégie, mais avant que je l'interroge, Bodean apparut sur le seuil de ma chambre. Il resta planté là, tête baissée, en faisant mine de ne pas nous voir.

– Qu'est-ce que tu veux ? lui demandai-je.

– Rien. Je voulais juste vous dire que je vous parlais plus.

– Ah bon ?

– Essaie pas de me parler, je répondrai pas.

Norma intervint :

– Ça me fait de la peine d'entendre ça. J'espérais qu'on pourrait redevenir amis.

– Arrête ton char, répondit-il en la regardant.

– Tu as raison, je mérite une bonne fessée. Ou un bon coup de badine sur les cuisses.

Il sourit.

– Tu es trop grande pour recevoir une fessée.

– Tu me pardonnes ?

Bodean avait du mal à masquer sa joie. Finalement, il haussa les épaules et répondit :

— Je te le dirai plus tard.

— Oh, allez! Je sais que tu m'aimes bien, même si tu es en colère après moi.

— Je t'aime pas trop, dit-il. Mais un peu, peut-être.

— C'est mieux.

Norma se leva et marcha vers lui. Il la regarda avec des yeux écarquillés.

— Tu me fais un petit bisou?

Il recula prestement.

— J'embrasse pas les filles!

Il fit demi-tour et dévala l'escalier. Norma se retourna vers moi et on éclata de rire.

— J'adore le taquiner, dit-elle. C'est plus fort que moi.

J'approuvai d'un sourire, mais j'aurais aimé qu'elle dise cela d'un ton un peu plus chaleureux.

9

Ce soir-là, avant de me coucher, je commençai un journal. J'attrapai un vieux cahier. Norma dit que ça ferait l'affaire, le temps que je trouve quelque chose de mieux. Elle m'expliqua que je devais commencer par indiquer la date, en haut, puis noter toutes les pensées qui me traversaient l'esprit.

— Quoi, par exemple ?

— N'importe quoi.

J'attendis. Rien ne vint.

— Comment il commence, le tien ? demandai-je.

— C'est personnel.

— Oh.

Elle hésita.

— Bon, d'accord. Je veux bien t'en lire un petit bout.

Elle se racla la gorge avant de lire :

— « Une douce nuit d'été. Dehors, les criquets bavardent. On dirait qu'ils me parlent. Ils semblent perdus et seuls. »

— C'est beau.

Elle haussa les épaules et continua :

— « Il s'est passé plein de choses aujourd'hui. Dutch et moi, on est allées nager dans un endroit qui s'appelle le Trou Bleu. Là, on a rencontré deux garçons nommés Kenny et Ethan. Le genre gentils et discrets, qu'on pourrait croiser dans les pages d'un petit livre charmant. »

— Tu trouves ?

— Il faut embellir. Tu ne peux pas noter simplement « j'ai rencontré deux garçons », et c'est tout. Il faut décrire les choses. C'est ça, l'écriture.

— Oh.

— Le truc, c'est de se dire que quelqu'un lira ton journal un jour. Pas tout de suite, longtemps après que tu seras devenue célèbre, ou après ta mort. Il faut que ta vie paraisse aussi intéressante que possible.

— OK, fis-je, perplexe.

J'avais un peu l'impression de mentir.

Norma reprit sa lecture :

— « Kenny est assez beau, dans le genre petit voyou. J'ai trouvé que c'était le plus séduisant des deux, mais Dutch préfère l'autre, Ethan. »

— Hé ! m'exclamai-je. C'est un secret.

Norma fit la grimace.

— Tu es censée mettre des secrets dans ton journal, Dutch. C'est fait pour ça.

— Et si quelqu'un le trouve ?

Je pensais à Bodean.

— C'est le risque quand tu tiens un journal. Mais ça fait partie de l'excitation.

— Je te conseille de bien le cacher, dans ce cas. Vas-y, continue.

— Ensuite, ça devient *très* personnel. Mais c'est ce qu'il faut.

Je lui dis que je comprenais et elle se remit à écrire. Son stylo filait sur la feuille et sa langue pointait entre ses lèvres. Je reportai mon attention sur les pages vierges de mon cahier.

Finalement, je me lançai : *Aujourd'hui, Norma et moi, on est allées nager au Trou Bleu ; Kenny et Ethan étaient là. Je crois que Norma a le béguin pour Kenny, mais peut-être que je me fais des idées.*

Je m'arrêtai pour relire ce que je venais d'écrire. Ça ne sonnait pas aussi bien que le texte de Norma, mais c'était un début. Je mâchonnai mon stylo, puis repris : *Bodean et moi, on s'est battus avec les frères Grogan. C'était très gênant. J'avais l'impression d'être la fille la plus stupide de la Terre. Tout ça à cause de Bodean. Des fois, je me dis que ce garçon va gâcher ma vie.*

Je m'arrêtai et rayai cette dernière phrase. Je pensais à la réaction de Bodean si jamais il découvrait le cahier et lisait ça. Norma avait beau dire qu'il fallait prendre des risques, je ne trouvais pas normal de blesser une personne quand on tenait à elle.

Alors, je changeai de sujet : *Deux hommes discutaient avec papa quand on est rentrés. Ils avaient l'air en colère. Ça m'a inquiétée, mais papa a dit...*

Je m'interrompis de nouveau. Je commençais à me lasser. À quoi bon écrire sa vie ? C'était déjà assez pénible, parfois, de la vivre.

Norma remarqua que je m'étais arrêtée ; elle se tourna vers moi.

— Qu'est-ce qui se passe ?

— Ça ne m'amuse pas.

— Pourquoi ?

— C'est comme regarder un film qu'on a déjà vu. Je sais par avance ce qui va se passer.

— C'est ça qui est bien, justement. Tu peux changer un peu. Tu peux arranger la vérité.

— Demain, peut-être.

Je rangeai mon cahier.

Quand Norma eut fini d'écrire, j'éteignis la lumière. Je pensais qu'on allait bavarder, mais une seconde plus tard, j'entendis sa respiration profonde et régulière : elle dormait. Les pensées se bousculaient dans ma tête. Je me demandais ce qui allait se passer quand je verrais Ethan ; est-ce que le conseil de Norma marcherait ? Plus je réfléchissais, moins je réussissais à m'endormir. Au bout d'un moment, j'en eus assez de tourner dans tous les sens, et j'avais l'estomac qui gargouillait. Alors, je me levai pour aller manger un bout de gâteau au citron.

En descendant l'escalier sur la pointe des pieds, je vis de la lumière dans la cuisine. Puis j'entendis des murmures. C'étaient papa et Flood qui discutaient. Je n'entendais pas ce qu'ils disaient, mais j'en mourais d'envie. J'ai cette horrible manie d'écouter aux portes ; j'ai l'impression que c'est la seule façon d'apprendre des choses intéressantes.

Je m'assis sur la première marche et risquai un coup d'œil dans l'encadrement de la porte. Tant qu'ils restaient à table, je les voyais, et surtout, j'entendais distinctement leurs voix.

C'était Flood qui parlait le plus, et le plus fort :

– Je dis juste qu'il faut laisser tomber pendant que c'est encore possible. Pourquoi attendre qu'ils saisissent notre matériel ?

– Je n'ai pas envie d'abandonner, répondit papa. Ce n'est pas mon genre.

– Je ne connais pas d'homme plus entêté que toi sur Terre ! À quoi ça va te servir de rester ici, hein ? Tu crois qu'un ange va descendre du ciel pour sauver la récolte ? Même si on gagne un peu d'argent avec celle-ci, ce qui m'étonnerait, on sera encore dans les dettes jusqu'au cou !

— Un homme a sa fierté, dit papa.

— Au diable, la fierté ! Elle te servira à quoi quand ils viendront saisir ton tracteur ? Remarque, ce ne sera pas une grosse perte, ce tas de ferraille ! Si tu veux mon avis, tous nos ennuis viennent de là.

— Je ne me souviens pas de t'avoir demandé ton avis, rétorqua papa en haussant la voix.

— C'est bien ça le problème. Tu ne me demandes jamais mon avis. Tu te fous de ce que je pense. C'est ton choix ou rien.

— Je sais parfaitement ce que tu penses. Tout ce qui va de travers, c'est à cause de moi. Mais je ne peux pas changer l'état de l'économie. Et je ne peux pas faire venir la pluie.

— Je t'avais dit de ne pas contracter tous ces prêts.

— Si je ne l'avais pas fait, on aurait perdu la ferme.

— On va la perdre quand même, non ?

— Je ferai tout pour empêcher ça.

— Tu viens de le dire : tu ne peux rien faire.

Papa frappa du poing sur la table. Le bruit rebondit contre les murs.

— Écoute-moi bien, Flood ! J'en ai assez de t'entendre. Si tu avais dépensé autant d'énergie à travailler que tu en mets à te plaindre, on ne serait peut-être pas dans cette situation.

— Oui, c'est ça. Rejette la faute sur moi.

— Je ne rejette la faute sur personne. Mais je sais une chose : on a déjà traversé des moments difficiles. Mon père, Eugene et moi, on a exploité cette ferme tout seuls, et on n'a jamais subi de pertes. Eugene effectuait le travail de dix hommes. Eugene…

— Eugene n'est plus là ! Moi, si !

Quand leurs voix se turent, toute la maison devint aussi silencieuse qu'un cimetière. Ils demeurèrent assis de chaque côté de la table, en évitant de se regarder.

— Tu attends trop de moi, dit finalement Flood. Je t'ai déjà expliqué que je n'étais pas fermier. Je t'ai expliqué que je n'étais pas doué pour ça. C'est toi qui m'as obligé à rester.

— Je ne t'ai jamais forcé.

Flood rit, mais c'était un rire amer.

— Je sais bien ce qui arrive à ceux qui veulent s'en aller d'ici. Je sais ce que tu en penses.

— Je ne reproche pas à Eugene d'être parti, dit papa. Je lui reproche d'avoir ignoré ses obligations.

— Quelles obligations ?

— Envers sa famille.

— Oh, la sainte famille ! C'est tout ce qui t'importe, hein ? Tu te démènes pour que tout le monde reste uni. Mais si tu aimais vraiment ta famille, tu nous laisserais partir !

— Un jour, tu apprendras qu'on ne peut pas tourner le dos à certaines choses.

— Comme tu as tourné le dos à Eugene ?

— Ça, ça ne regarde que moi.

— Oui, tu es une exception. Tu as établi un tas de règles pour tout le monde, et des règles différentes pour toi.

— Au moins, j'ai des règles. Je connais leur importance.

— Oui, tu adores les règles… quand c'est toi qui les fais.

Après cet échange, ils restèrent muets un long

moment. Finalement, Flood se leva et marcha vers la porte. Papa dit :

— J'ai l'impression de ne plus savoir qui tu es.

— Peut-être que tu ne l'as jamais su, répliqua Flood. Tu as pensé à ça ?

— Oui. J'y ai pensé.

Après un nouveau silence, papa ajouta :

— Tu es libre de faire ce que tu veux.

— Libre ? ironisa Flood. Je suis à peu près aussi libre que ces vaches dehors. J'ai le droit de bouger tant que je reste à l'intérieur de l'enclos.

Il ouvrit la porte de derrière.

— C'est ça ! lui lança papa. Fuis ! C'est ta seule réponse.

— Si c'était vrai, je serais parti depuis longtemps.

Sur ce, il sortit et claqua la porte.

Papa demeura assis à table ; il se massait le front avec sa grosse main calleuse. Il laissa échapper un long soupir. Je crus qu'il allait se lever, mais non. Il se contenta de changer de position et continua à se masser le front.

Rassemblant mon courage, j'entrai dans la cuisine. Il ne m'entendit pas. Je dus me racler la gorge. Alors, il leva les yeux vers moi et sourit.

— Dutch ! Que fais-tu debout à cette heure-ci ?

— Je n'arrivais pas à dormir.

— Tu nous as entendus parler ?

— Un peu.

Il me tendit les bras et je vins m'asseoir sur ses genoux. J'avais moins de place qu'autrefois, mais je sentais ses bras puissants autour de moi.

– On traverse des moments difficiles, dit-il. Mais on s'en sortira. Comme toujours.

Il marqua une pause, puis reprit :

– Quand ta maman est morte, j'ai cru qu'on ne rebondirait jamais. Mais la vie a continué et nous formons toujours une famille. C'est l'essentiel. La famille, c'est important, Dutch. C'est même à peu près la seule chose qui compte. Tu comprends ?

– Je crois.

– Le monde est vaste et un jour, il t'appellera. Mais aussi loin que tu ailles, tu ne peux pas échapper à tes racines.

Ses paroles n'avaient plus beaucoup de sens et ça m'inquiétait, alors je changeai de sujet.

– On va perdre la ferme ?

– Non, répondit-il avec fermeté.

– Comment tu le sais ?

– J'ai la foi. C'est une chose que ton frère ne comprend pas.

– Flood n'est pas quelqu'un de mauvais, hein ?

Papa secoua la tête.

– Non, il n'est pas mauvais. Mais il ne sait plus où il en est. Il y a beaucoup de colère en lui, il doit apprendre à l'évacuer.

– De la colère contre toi ?

– Contre moi. Contre Becky. Contre le monde entier, à vrai dire. Il y a des gens qui voient les choses comme elles auraient pu être et qui ne voient plus rien d'autre.

– Pourquoi est-ce qu'il est devenu comme ça ?

– Je n'en sais rien, ma petite, dit papa. Hélas.

10

Le lendemain, Norma et moi, on passa beaucoup de temps à se préparer pour le match de softball, ou plutôt à me préparer.

– Tu as le potentiel pour devenir canon, me dit Norma. Tu as de jolis traits. Il suffit de les mettre en valeur.

La première étape consista à me natter les cheveux. Norma n'aimait pas leur longueur : un carré qui tombait sur mes épaules. Elle trouvait également que leur couleur, qu'elle qualifiait de châtain terne, laissait à désirer.

– On va les cacher jusqu'à ce que tu puisses te faire faire un balayage.

Après cela, elle s'attaqua au « relief », comme elle dit. Le but de l'opération consista à souligner mes pommettes.

Mais en me regardant dans la glace ensuite, je ne vis pas une nouvelle femme ; c'était juste moi très maquillée. Mon visage restait trop rond, mon nez trop écrasé, et mes taches de rousseur traversaient l'épaisse couche de fond de teint.

– Tu ressembles à une putain, dit Bodean.

– Tu ne sais même pas ce que c'est, une putain, rétorquai-je en lui décochant un coup de pied.

– Si ! C'est une femme qui va pas à l'église.

Norma et moi, on pouffa.

– Où as-tu entendu ça ? demanda-t-elle.

— C'est papa qui l'a dit un jour. Il a dit que tante Macy était aussi nerveuse qu'une putain dans une église.

Norma pouffa de nouveau, mais moi, j'étais outrée. Je n'en revenais pas que Flood puisse dire ce genre de choses devant son fils.

— Tu ne devrais pas croire tout ce que dit ton père.

— Pourquoi ?

— Parce qu'il n'est pas Dieu.

— Je sais bien qu'il est pas Dieu, répondit Bodean en levant les yeux au ciel, sans toutefois paraître convaincu.

— Moi, je te trouve superbe, Dutch, dit Norma. Et si Ethan n'est pas de mon avis, c'est un imbécile.

— Norma !

Trop tard. Ce n'était pas tombé dans l'oreille d'un sourd.

— Ethan qui ? demanda Bodean.

— Personne, dis-je. Bon, il faut y aller !

Je prenais sur moi pour ne pas laisser éclater ma colère contre Norma.

— Vous parlez de ce vieux rouquin, Ethan Cole ? insista Bodean. C'est ton chéri ?

— Non, absolument pas. Allez, file, avant que je te colle une gifle.

— Dutch a un chéri ! Dutch a un chéri ! scanda-t-il. Et il est moche !

Je levai la main pour lui flanquer une taloche, mais il s'enfuit en gloussant. Norma avait mis sa main devant sa bouche pour masquer son sourire.

— Tu trouves ça drôle ? lui lançai-je.

— Allons, ce n'est qu'un gamin !

– Un gamin qui n'a pas sa langue dans sa poche.

– Arrête de t'inquiéter pour rien.

– Je fais ce que je veux ! Ce n'est pas bien de répéter des secrets à tout le monde. Ça ne regarde personne !

Je me retournai vers le miroir et sentis une boule se former dans ma gorge.

– En plus de ça, j'ai l'air ridicule !

– Pas du tout. Tu es très bien.

Je dénouai ma natte et secouai la tête pour libérer mes cheveux. En même temps, j'aperçus le visage de Norma dans la glace. Elle avait pris son air meurtri et j'eus honte de moi tout à coup.

– Après tout le mal que je me suis donné, soupira-t-elle.

– Ça ne me plaisait pas, dis-je d'une petite voix. Sur toi, ça fait bien, mais pas sur moi.

– Garde au moins le maquillage.

Comme cela semblait lui tenir à cœur, je cédai.

– D'accord, dis-je. Mais je t'en prie, ne parle plus d'Ethan à personne.

– Je t'ai dit que j'étais désolée.

Je ne relevai pas. Elle n'avait pas dit qu'elle était désolée ! Mais je sentais qu'elle l'était sans doute, à sa manière.

On ne parla presque pas en chemin. Les garçons disputaient leurs matchs sur le terrain de softball de l'église qui se trouvait à un peu moins d'un kilomètre de la maison en coupant à travers bois. Norma n'était pas très à l'aise ; elle avançait lentement, en regardant où elle mettait les pieds, et sursautait chaque fois qu'elle entendait un bruit.

— Il n'y a aucune raison d'avoir peur, lui dis-je.

— Qui a peur ?

La première manche était déjà commencée quand on arriva. Une petite foule était rassemblée autour du terrain, sur des chaises de jardin, des parents principalement, qui buvaient de la citronnade et s'éventaient en parlant du temps. On s'assit dans l'herbe et on s'amusa à faire des chaînes avec des trèfles, en sirotant du Coca. On levait la tête régulièrement pour voir si le match était bientôt terminé.

— Tu crois que tu vas te marier avec Marshall ? demandai-je à Norma.

Je n'avais pas abordé ce sujet depuis plusieurs jours, mais ma curiosité demeurait intacte.

— Ni avec lui ni avec personne d'autre, je crois. Je trouve que le mariage est une chose contre nature.

— Ah bon ?

Elle hocha la tête.

— Tout ce baratin sur le meilleur et le pire, le bonheur et la tristesse, bla-bla-bla. À quoi ça rime ? Comme si quelqu'un pouvait savoir ce qu'il aura envie de faire dans dix ans !

— Mais tout le monde se marie. C'est un engagement.

— Je ne crois pas aux engagements.

— Et l'amour, alors ?

Elle se renversa en prenant appui sur ses coudes et regarda le ciel.

— L'amour est une succession de spasmes brefs. C'est quelqu'un de célèbre qui a dit ça. Un poète, je crois.

— Sans doute qu'il n'a jamais rencontré la femme qu'il lui fallait.

Elle rit.

— Tu es très drôle, Dutch.

Ce n'était pas mon intention.

— Moi, dis-je, je trouve qu'être marié, c'est mieux que de vivre seul.

Norma se tourna vers moi.

— Qu'est-ce que tu connais de la solitude ?

Je ne savais pas quoi répondre à cela. Elle me laissait perplexe. Il y avait de la froideur, presque de la colère, dans ses yeux, et ça me faisait peur. Mais soudain, elle éclata de rire et secoua la tête.

— Ne fais pas attention. Je délire.

Une fois le match terminé, Ethan et Kenny nous rejoignirent immédiatement. Ethan était craquant avec son maillot maculé de boue et de traces d'herbe, et sa casquette à l'envers. J'avais du mal à ne pas le dévorer des yeux, mais je suivis le conseil de Norma et fixai mon attention sur Kenny à la place.

Norma leur sourit et dit :

— Vous avez bien joué tous les deux.

Kenny fit la moue.

— On a été nuls, tu veux dire ! J'aurais préféré que tu nous voies dans un grand jour.

— J'en ai eu un aperçu, dit-elle.

Ethan m'observa et demanda :

— Qu'est-ce que tu t'es fait ?

Tous mes muscles se raidirent. J'avais presque oublié mon maquillage et, prise au dépourvu, je ne savais pas comment me justifier.

Norma vola à mon secours :

– Ça lui va bien, ça fait ressortir ses traits.

Ethan plissa les yeux, comme s'il essayait de discerner les traits en question.

– Quelqu'un a envie de manger une glace ? proposai-je.

– Bonne idée ! répondit Kenny. Allons chez Bubba.

Bubba est le glacier situé juste à côté de l'église. L'été, c'est là que tout le monde se retrouve. Quand on se mit en route, on se retrouva naturellement deux par deux : Norma et Kenny devant, Ethan et moi derrière. Je ne voyais pas trop comment je pouvais feindre d'ignorer Ethan si je marchais à côté de lui. Mais très vite, je compris que je n'avais pas à m'inquiéter pour ça. Il n'avait rien à me dire ; il gardait les yeux fixés sur ses chaussures à crampons qui faisaient crisser les graviers du chemin.

Il n'y avait pas énormément de monde chez Bubba car on était en semaine. J'aurais juré que la serveuse me regardait bizarrement, à cause de mon maquillage. Du coup, ça me coupa l'appétit et je commandai juste un Coca. On s'installa dans un box et je regardai les autres manger leur glace, avec l'envie de me volatiliser.

– C'est comment, Richmond ? demanda Kenny à Norma.

– Oh, c'est pas mal, pour une ville.

– Y a plein de trucs à faire, je parie.

– Oui. Il y a des piscines, des patinoires, des bowlings, des cinés… Pour ceux qui aiment ce genre de choses.

Qui n'aimait pas « ce genre de choses » ? me demandai-je, mais la manière dont elle avait dit ça vous donnait le sentiment d'être un idiot si vous trouviez ça formidable.

— Dans le temps, on avait un *drive-in* ici, dit Ethan. Il a été détruit par une tempête et ils ne l'ont jamais reconstruit.

— Ça devait être une sacrée tempête, dit Norma.

— Oui. Des fois, en été, ça souffle méchamment par ici. De vrais orages du Sud, déclara Kenny avec fierté. Le genre à faire trembler une maison. Avec de grands éclairs dans le ciel, les arbres qui tombent sur les routes, les granges qui brûlent…

— C'est affreux !

— Non, c'est super excitant, dit Kenny. Tant que ce n'est pas ta grange qui brûle.

— Peut-être que je verrai un gros orage avant de partir, dit Norma en souriant à Kenny.

— Ça m'étonnerait, dit Ethan. On se tape une super sécheresse.

— Ah bon ? fit Norma, comme si elle avait toujours rêvé d'assister à une sécheresse.

— Les champs sont en train de cramer. Mon père dit que ça vaut même pas la peine de récolter le tabac cette année.

Je levai la tête. Nos yeux se croisèrent pendant une seconde. J'avais envie de poser ma main sur la sienne en lui disant : « Ne t'en fais pas, nous aussi on souffre à la maison. On est tous dans le même bateau. » Mais je savais que je ne pouvais pas faire une chose pareille, alors je détournai le regard.

— Je trouve que ce n'est pas bien de cultiver du

tabac, de toute façon, dit Norma. Fumer, c'est
mauvais pour la santé. Pourquoi vouloir faire
pousser
un truc qui donne le cancer?

On la regarda tous d'un air hébété. Ici, tout le
monde cultivait le tabac. C'était notre mode de vie.

Ethan lui demanda :

— Ton père, il fait quoi?

— Il travaille dans une banque, répondit Norma
avec assurance.

— Pfft! fit Ethan. C'est les banques qui nous
donnent de l'argent pour faire pousser du tabac.

Norma le dévisagea un long moment, et pour
la première fois, je vis dans ses yeux une chose que
je ne pensais pas trouver chez elle. Elle était désar-
çonnée ; elle ne savait pas quoi répondre. Pour moi,
c'était comme découvrir une fissure dans un mur
que vous pensiez indestructible.

— Comment on en est venus à parler de ça?
demanda-t-elle. De quoi on parlait avant?

— Des orages, dit Kenny.

— Ah oui, des orages.

Mais la conversation s'arrêta là.

Ils finirent leurs glaces et quand on se leva
pour partir, je remarquai que Kenny et Norma se
tenaient par la main. C'était arrivé soudainement,
discrètement, de manière spontanée. Qu'est-ce que
ça voulait dire? Et Marshall dans tout ça? Je repensai
à l'attitude de Norma vis-à-vis de l'amour et du
mariage. Si tout cela n'avait aucune importance,
comme elle l'affirmait, à quoi bon donner la main
à un inconnu?

On refit le chemin en sens inverse. Accaparée par mes pensées, je regardai Ethan par mégarde lorsqu'il me posa une question.

– Qu'est-ce qui ne va pas ? demanda-t-il.

Je marquai un temps d'arrêt. Il était trop tard pour faire semblant de ne pas avoir entendu.

– Rien, dis-je.

– Tu es bizarre.

– Non, absolument pas.

Je levai les yeux vers les arbres et me concentrai sur les grosses feuilles vertes qui dansaient au-dessus de nos têtes, en espérant qu'Ethan n'allait pas en rester là.

Mais il ne dit plus un mot.

11

Norma ne m'a pas dit ce qu'il y avait entre elle et Kenny, et je ne lui ai pas posé la question. Je n'avais plus envie de parler de l'amour avec elle. Elle semblait savoir un tas de choses sur ce sujet, mais ce n'étaient pas celles que je voulais entendre.

Cela étant, on s'entendit très bien durant toute la semaine ; on fit du vélo, on alla se promener, on joua aux cartes. Parfois, on incluait Bodean dans nos activités, mais à d'autres moments, on filait sans rien lui dire dans des endroits où il ne pouvait pas nous trouver. Je culpabilisais un peu, évidemment, mais il y a des fois où on n'a pas envie de se retrouver avec un gamin de neuf ans.

Le dimanche matin, je me réveillai d'excellente humeur, survoltée. J'aimais aller à l'église, et encore plus quand je savais que Kenny et Ethan seraient là. Comme je l'ai déjà dit, ils n'y venaient plus, sauf à Pâques et à Noël, mais ce jour-là, j'avais le pressentiment qu'ils y seraient.

Je bondis hors de mon lit et donnai un petit coup de coude à Norma pour la réveiller. Elle grogna et battit des paupières.

– Quoi ? dit-elle en se cachant les yeux avec son bras.

– C'est dimanche. Lève-toi. On va être en retard à l'église.

Elle ôta son bras et me regarda.

93

— À l'église ?

— Oui. Tu ne vas pas à la messe ?

Elle secoua la tête.

— Plus depuis longtemps.

— Pourquoi ?

— Je suis agnostique.

— Oh. C'est comme être athée ?

J'avais beaucoup entendu parler de ces gens, mais je n'en avais jamais rencontré.

— Non. C'est juste douter de l'existence de Dieu.

Je ne savais pas quoi répondre à cela. J'avais l'impression que tout le monde doutait de l'existence de Dieu de temps à autre ; ça ne méritait pas de se donner un nom spécial. D'ailleurs, je commençais à me demander si Norma croyait à quelque chose dans la vie.

— Nous, dis-je, on va à l'église tous les dimanches. On y va tous, même Flood.

Elle s'assit dans son lit en se frottant les yeux.

— Dans ce cas, dit-elle, je ferais bien de suivre le groupe. Comme on dit : Quand on est à Rome…

— Tes parents vont à l'église ? demandai-je.

J'étais intriguée, je l'avoue.

— Ma mère, oui.

— Pas ton père ?

— Il y allait dans le temps. On y allait tous. Mais quand on rentrait à la maison ensuite, ça donnait toujours lieu à une énorme dispute. Papa disait que la moitié des gens allaient à la messe uniquement pour exhiber leurs nouvelles tenues. Maman répondait que c'était mieux que de ne pas y aller. Ils finissaient par se balancer au visage des vacheries.

Elle rit en disant cela, mais je ne voyais pas pourquoi.

— Finalement, papa a cessé d'y aller et maman a continué, seule.

— Elle ne t'oblige pas à l'accompagner ?

— Pourquoi donc ? Je suis assez grande pour décider par moi-même.

— Oui, mais…

Je ne savais pas trop ce que je voulais dire. Tout cela me dépassait.

— Toutes les familles ne sont pas comme la tienne, dit-elle brusquement.

Là encore, je ne sus pas quoi répondre et Norma semblait ne plus avoir envie de parler, alors je commençai à m'habiller. J'enfilai ma robe d'été préférée, la jaune qui s'attache sur les épaules. Elle m'allait bien, je trouvais, et j'étais sûre de moi, jusqu'à ce que Norma sorte de la salle de bains vêtue d'une robe noire qui s'arrêtait juste au-dessus du genou. C'était une sorte de coton froissé avec un motif oriental autour du cou.

— Et voilà, je suis prête, déclara-t-elle.

Ses cheveux détachés encadraient son visage, une mèche lui cachait un œil. Ses lèvres étaient légèrement rosées. Ses boucles d'oreilles triangulaires se balançaient et scintillaient dans la lumière du soleil.

— Où tu as trouvé cette robe ? demandai-je, presque malgré moi.

— Maman me l'a achetée à Hong-Kong. Papa est parti là-bas pour un voyage d'affaires et il l'a emmenée avec lui. Ils voyageaient beaucoup, avant.

Elle coinça sa mèche derrière son oreille.

– Ce n'est pas une tenue appropriée ?

– Si, si. Elle est très belle, dis-je.

Mais j'imaginais les réactions des vieilles dames à l'église. Déjà qu'elles n'arrivaient pas à se faire à l'idée que les femmes ne portent plus de chapeaux.

Il faisait trop chaud pour aller à l'église à pied, surtout avec nos belles robes. Et comme on ne tenait pas tous dans la voiture de papa, Flood prit sa camionnette et laissa Bodean monter à l'arrière, pendant que nous nous entassions dans la Chevrolet. Durant le trajet, papa et tante Macy regardèrent les champs de tabac de chaque côté de la route en faisant claquer leurs langues pour exprimer leur compassion. Les cultures de nos voisins ne se portaient pas mieux que les nôtres.

Bien évidemment, Kenny et Ethan étaient à l'église, comme je l'avais prédit. Kenny ne quittait pas Norma des yeux. Alors qu'on descendait l'allée centrale pour atteindre notre banc, on pouvait presque entendre les têtes se retourner sur notre passage.

Kenny et Ethan avaient pris place au dernier rang avec les autres enfants. Norma et moi, on était assises avec la famille car papa y tenait beaucoup. Il estimait que si on allait à l'église en famille, c'était pour pouvoir prier tous ensemble. Norma était entre moi et Flood. Bodean se trouvait à ma droite et il ne cessait de se pencher pour murmurer des choses à Norma.

– Tu vois cette vieille dame là-bas, avec les cheveux bleus ? Elle a environ un million de chats.

Le garçon au premier rang, il est débile. Et attends un peu de voir le pasteur ! Il est énorme.

Finalement, papa lui ordonna de se taire, alors il se laissa aller contre mon épaule et se mit à bouder.

D'où j'étais assise, je sentais l'après-rasage de Flood et je remarquai qu'il avait mis sa plus belle chemise, avec une cravate neuve, couleur saumon. Les mains croisées sur les genoux, Norma tirait de temps à autre sur le bas de sa robe quand celle-ci remontait sur ses cuisses.

Ce jour-là, le sermon du pasteur parlait de la foi, et il était surtout question de la pluie. D'ailleurs, depuis un mois, tous ses sermons ne parlaient que de ça, sous une forme ou une autre. La première partie évoquait la terrible situation actuelle, combien il était difficile de garder la foi durant une période de sécheresse ; la seconde partie du sermon expliquait qu'il fallait conserver la foi malgré tout. Noé n'avait pas perdu la foi, Job non plus, pas plus que Moïse, disait le pasteur. J'en avais un peu assez d'entendre parler de ces types. D'abord, comment le pasteur savait-il qu'ils n'avaient pas perdu la foi ? Sans doute que la nuit, ils tournaient et viraient dans leur lit, comme tout le monde.

Quand on baissa tous la tête, je priai pour qu'il pleuve et pour Ethan... Je ne savais pas ce que j'attendais de lui, mais je me disais que Dieu le saurait.

Une fois l'office terminé, on s'attarda un instant sur la pelouse, pour bavarder. Papa présenta Norma autour de lui et je vis plusieurs regards réprobateurs sur sa robe. Bodean se roulait dans l'herbe avec des garçons de son âge, pendant que Flood, à l'écart, fumait une cigarette.

Je remarquai un groupe de filles plus âgées non loin de lui ; elles regardaient dans sa direction en chuchotant. Finalement, l'une d'elles marcha vers Flood. Il s'agissait de Lucy Cabot ; c'était elle qui avait téléphoné à la maison, d'après tante Macy. Ils échangèrent quelques mots. Elle se balançait d'avant en arrière en parlant et n'arrêtait pas de remettre la même mèche de cheveux derrière son oreille. Flood tirait sur sa cigarette en hochant parfois la tête. Je brûlais d'envie de savoir ce qu'ils se disaient, mais avant que je puisse tendre l'oreille, j'entendis une voix derrière moi, tout près :

– Je vois que tu continues à m'éviter.

Je me retournai et découvris Ethan, planté devant moi, dans son costume bleu marine, avec une cravate rouge. Sous l'effet conjugué de cette cravate et du soleil, ses cheveux paraissaient encore plus roux. Ses yeux étaient d'un bleu vif. Il était si séduisant que je ne pus m'empêcher de sourire, prise au dépourvu.

– Salut, dis-je.

– Je peux te parler ?

– Bien sûr.

Il me prit par le bras et m'entraîna loin des autres. C'était étrange de sentir sa main qui me guidait, comme j'avais vu faire certains hommes lorsqu'ils quittaient une pièce avec leur épouse.

Quand on se retrouva à l'ombre d'un magnolia, il dit :

– Je veux juste savoir ce que j'ai fait.

– Comment ça ?

— Tu te comportes comme si j'avais une maladie contagieuse.

— Pas du tout !

— En tout cas, il y a un problème car tu n'es plus toi-même.

— C'est ton imagination qui te joue des tours.

J'essayais de deviner ce que dirait Norma dans ce genre de situation.

— D'ailleurs, ajoutai-je, tu ne me connais pas si bien que ça.

Il plissa le front.

— Je te connais depuis toujours.

Comme je ne répondais pas, il demanda :

— On n'était pas amis dans le temps ? Je veux dire… au collège… On se parlait, non ? L'année dernière, on déjeunait à la même heure. On avait cours d'espagnol ensemble.

— Jusqu'à ce que tu laisses tomber, répliquai-je d'un ton accusateur.

C'était à cause d'Ethan que j'avais choisi ce cours, et quand il avait arrêté, j'avais pris cela comme une insulte.

— Je ne comprenais pas un mot !

— Évidemment ! C'est ça, une langue étrangère : faut apprendre. Si tu avais continué, tu comprendrais maintenant. Moi, je sais dire des phrases entières en espagnol.

— Quoi, par exemple ?

— Euh… *¡Hola, Miguel. Dónde está mi hermano ?*

— Ça veut dire quoi ?

— Si tu veux le savoir, apprends l'espagnol.

Il sourit.

– Là, je te reconnais, dit-il.

– Comment ça ?

– Tu es redevenue toi-même.

J'accusai le coup. Je n'avais pas voulu être moi-même. Ça s'était fait comme ça. Je cherchais un moyen de retomber sur mes pattes quand j'entendis la voix puissante de Flood : il informait papa qu'il rentrait à la maison. Celui-ci hocha la tête et continua à bavarder.

– Tu vas au Trou Bleu aujourd'hui ? me demanda Ethan.

– Je ne sais pas.

– Jimmy Grogan va apporter un kayak. Tu sais ce que c'est ?

– Non, et je m'en fiche.

Le simple fait d'entendre le nom de Grogan me faisait enrager.

Je regardai Flood se diriger vers sa camionnette. Et soudain, je vis qu'il n'était pas seul. Tout d'abord, je craignis que ce soit Lucy, mais en regardant mieux, je vis qu'il était accompagné de Norma. Il lui ouvrit la portière et l'aida à monter sur le siège du passager. Puis il fit le tour pour s'installer au volant et il démarra.

Je restai plantée là, à regarder la camionnette s'éloigner. C'était une vision familière. J'avais l'impression de voir Flood et Becky assis côte à côte dans la cabine. Lui au volant et elle assise juste à côté.

– … je te trouvais sympa, disait Ethan.

Je le regardai.

– Hein ?

Il grimaça.

– Tu ne m'écoutes pas ?
– Désolée. Tu peux répéter ?
– Laisse tomber.
Il fit demi-tour et s'en alla.

12

Ce soir-là, alors qu'on s'apprêtait à se coucher, je demandai à Norma où elle était allée avec Flood après la messe.

– Oh, nulle part. Il m'a juste fait visiter les environs. Marston est une plus grande ville que je le croyais. C'est très étendu.

– Papa aurait pu nous emmener faire un tour tous ensemble.

Occupée à se vernir les ongles des orteils, ma cousine leva la tête.

– Il y a un problème ?

– Non. C'est juste que… je pensais que c'était à moi de te faire visiter Marston.

– Tu m'as déjà montré le Trou Bleu et le softball. Comme il avait sa camionnette, Flood a pensé que…

Elle s'arrêta au milieu de sa phrase et me regarda d'un drôle d'air.

– Tu es jalouse ou quoi ?

– Hein ? répondis-je d'une voix un peu tremblante.

– Tu es jalouse parce que j'ai passé du temps avec quelqu'un d'autre.

– Non, absolument pas !

– Ça ne veut pas dire que je t'aime moins. Tu as tendance à te montrer très possessive.

– C'est faux.

– C'est comme ta façon de protéger Bodean, en

permanence. J'ai bien vu que tu devenais nerveuse dès que quelqu'un le taquine.

— Il faut bien que je veille sur lui, répondis-je, décontenancée par ces accusations.

Norma haussa les épaules et déclara :

— Tu ne peux pas posséder les gens, tu sais.

— Je n'ai jamais pensé ça.

En me réveillant le lendemain matin, j'avais envie d'être seule. C'est une chose qui ne m'arrive presque jamais, et je m'étonnais. Couchée dans mon lit, alors que je contemplais les mêmes vieux murs et les mêmes meubles, je me surpris à rêver d'une autre vie.

Le soleil entrait dans la chambre, déjà chaud et écrasant ; je savais que les cultures continuaient à se dessécher et que papa se faisait du souci. Comme tous les jours, je ferais les tâches ménagères dans la maison étouffante et close ; tante Macy resterait sans doute au lit avec une migraine. Bodean serait odieux, Flood serait grognon et Norma serait… fidèle à elle-même. Depuis qu'elle était partie avec Flood dans sa camionnette, je ne la voyais plus de la même manière.

Pas seulement parce qu'elle m'avait accusée d'être jalouse. C'était à cause de cette image : Flood assis à côté d'une fille autre que Becky. Ça me rappelait l'époque où elle vivait ici, où la vie était un peu plus normale. L'époque où Flood et elle s'installaient sur la véranda et riaient en regardant Bodean courir derrière un ballon dans le jardin. Elle posait toujours sa main sur le genou de Flood. Et lui, parfois, la prenait par la taille. La ferme était prospère en ce temps-là.

Papa rentrait des champs en sifflotant. Tante Macy cuisinait beaucoup et elle ne tripotait pas sans cesse ses cheveux. Voilà, cette image me rappelait ces souvenirs, et à quelle vitesse on s'en éloignait.

En sortant enfin du lit, je m'interrogeai : Comment est-ce que les choses se dégradent ? Est-ce que ça commence à un moment précis ? Y a-t-il un signe qui indique le début des mauvais jours ? Et une fois que les choses vont mal, n'y a-t-il plus rien à faire ?

Norma fit la grasse matinée pendant que je m'affairais dans la cuisine, et aussitôt debout, elle se planta devant la télé pour regarder les talk-shows. Elle adorait ces émissions. Elle parlait à l'écran, comme si les gens pouvaient l'entendre de l'autre côté, et elle était véritablement experte dans certains domaines : de l'avortement aux logements sociaux en passant par les implants mammaires et les femmes qui épousaient des détenus. Assis à côté d'elle, Bodean était subjugué.

– Franchement, je n'arrive pas à croire que certaines personnes puissent être idiotes à ce point ! commenta-t-elle, alors que j'époussetais les meubles. J'aimerais bien avoir mon propre talk-show. Je leur dirais : « Si vous avez été assez stupide pour épouser un détenu, vous avez ce que vous méritez ! »

– Tu veux devenir animatrice de débats ? demanda Bodean, pour qui tout ce qui sortait de la bouche de Norma était parole d'évangile.

– Peut-être. C'est un de mes projets.

– C'est quoi, les autres ?

– Oh… je ne sais pas… Devenir médaille d'or de gym aux JO. Mais j'ai bien peur d'avoir laissé filer ma chance à ce niveau-là. Des fois, je me dis que j'aimerais faire de la politique. Ou du journalisme. Un truc important.

— Moi, je pense que tu devrais être actrice, suggéra Bodean.

— Oui, il y a toujours cette possibilité, répondit Norma, comme s'il s'agissait d'une solution de dernier ressort.

— Enlève tes pieds, Bodean ! dis-je.

Il les avait posés sur la table basse et il laissait des traccs.

— Viens me les enlever, rétorqua-t-il.

— Tu travailles trop, Dutch, dit Norma. Assiedstoi donc et profite de la vie pendant quelques minutes.

— Il faut bien que quelqu'un fasse le ménage.

Son visage se ferma.

— J'ai proposé de t'aider.

Je me contentai de hausser les épaules. Je ne me souvenais pas qu'elle ait proposé de m'aider. Elle avait cette sale manie de s'attribuer le mérite de choses qu'elle n'avait pas faites ni dites.

— Fais pas attention à elle, dit Bodean. C'est une vieille fille ronchon.

— Bodean ! cria tante Macy, de la cuisine. Viens ici que je te coupe les cheveux !

— Oh, zut ! Je veux pas qu'on me coupe les cheveux, grogna-t-il en quittant la pièce.

— Quelque chose ne va pas, Dutch ? demanda Norma dès qu'il fut parti. On dirait que tu es en colère après moi.

— Non.

— On pourra aller faire un tour au Trou Bleu,

plus tard ? J'ai dit à Kenny qu'on irait peut-être aujourd'hui.

— Je ne sais pas. J'ai plein de trucs à faire.

— Ah. OK, fit-elle en se levant et en tendant les bras vers le plafond pour s'étirer. Dans ce cas, je crois que je vais aller me promener.

Elle se dirigea vers la télé, où un petit groupe de femmes aux visages inexpressifs regardaient quelqu'un leur parler de la contraception. Elle l'éteignit. Les visages furent avalés par l'obscurité de l'écran.

Je montai faire le ménage et décidai de commencer par la chambre de Flood. C'était toujours la plus en désordre et je préférais être débarrassée. Autrefois, c'était la chambre de maman et papa, mais Flood et Becky s'y étaient installés après leur mariage. Maintenant que Becky était partie, Flood n'avait plus besoin de toute cette place, me semblait-il, mais il restait là quand même.

Flood n'était pas du genre ordonné ; je devais sans cesse ramasser ses affaires. Propres ou sales, il les jetait par terre et j'étais obligée de les sentir pour les trier : une tâche pas très agréable. Heureusement, c'était mon frère. Je me demandais ce qui m'attendait quand je serais mariée. M'habituerais-je à laver les slips et les chaussettes d'un inconnu ?

J'ôtai les draps pour les changer. Flood était très exigeant sur ce point ; il n'aimait pas les draps à fleurs ou à volants. Il ne voulait que du bleu ou du blanc. Les autres couleurs lui donnaient des cauchemars, affirmait-il. Alors que je bordais le drap-housse, ma main sentit quelque chose sous le matelas. Je la retirai vivement en poussant un petit cri. J'avais aussitôt imaginé un couteau, mais en jetant un coup d'œil, je constatai qu'il s'agissait d'une sorte de feuille de papier. En y regardant de plus près, je découvris que c'était une enveloppe.

Je ne la quittai pas des yeux. Un coin pointait vers moi telle la pointe d'une flèche, et je ne pouvais m'empêcher de m'interroger : Que faisait une enveloppe à cet endroit ? Était-elle arrivée là par erreur ? Je restai un long moment à contempler ce petit rectangle rose, en me demandant ce que je devais faire. Je pouvais la repousser sous le matelas, avec le drap, et ne plus y penser. Mais ce n'était pas dans ma nature.

Ce qui m'inquiétait, c'était de penser qu'il s'agissait peut-être d'une lettre d'amour écrite par une des filles de l'église, Lucy par exemple. Il fallait que je sache, c'était aussi simple que ça ; je ne cherche pas à faire croire que j'avais une meilleure raison de lire son courrier personnel. Alors, je soulevai le rabat de l'enveloppe et sortis une carte légèrement parfumée.

C'était une photo d'une route avec des arbres, accompagnée de cette légende : *Je viens de très loin…* Je l'ouvris avec précaution pour lire ce qui était écrit à l'intérieur : *Pour te souhaiter du bonheur en ce jour particulier. Joyeux anniversaire, avec tout mon amour.* Signé : *Maman*

Pendant une seconde étrange, je crus que maman envoyait de sa tombe des cartes d'anniversaire à Flood, ou peut-être qu'il s'agissait d'une vieille carte, même si elle paraissait neuve. Je regardai l'adresse de l'expéditeur sur l'enveloppe : 1919 Alabaster Road, Norfolk, Virginie. Qui connaissions-nous à Norfolk ? En retournant l'enveloppe, je crus que j'allais m'arrêter de respirer. Cette carte n'était pas adressée à Flood ! Au recto était écrit, noir sur blanc : *Bobby Dean Peyton, Rt.3, Box 89, Marston, Virginie.*

C'est à ce moment que ma main se mit à trembler. Tout s'expliquait. Cette carte n'était pas destinée à Flood et elle ne provenait pas de maman ! Elle avait été envoyée par Becky. Et s'il y avait une lettre, il devait y en avoir plusieurs.

Je soulevai un coin du matelas, mais il était lourd, et je ne voyais rien, à part le sommier. Alors, je m'agenouillai pour glisser le bras le plus loin possible et je tâtonnai sur la toile jusqu'à ce que mes doigts se referment sur quelque chose de dur. J'empoignai une liasse de lettres que je tirai vers moi.

Il y en avait de toutes les formes, toutes les tailles et toutes les couleurs. Elles étaient toutes adressées à Bobby Dean. Certaines, défraîchies, semblaient anciennes, alors que d'autres étaient récentes. Elles sentaient le parfum, celui de Becky, dont je me souvenais encore.

Je dus m'asseoir sur le lit pour reprendre mon souffle. À vrai dire, je ne savais pas trop comment réagir. Tant de pensées m'assaillaient que j'étais incapable de faire le tri. Mais soudain, je repensai à un incident survenu l'été dernier. Un matin, pendant que Flood travaillait dans les champs, Bodean et moi étions partis chercher le courrier, bien que cette tâche soit habituellement réservée à Flood. On avait commandé une tente à deux places par correspondance et on avait hâte de la recevoir. Elle était arrivée ce jour-là et, tout excités, Bodean et moi avions traversé le champ en courant pour la montrer à tout le monde. Mais Flood n'avait pas semblé aussi heureux que nous, loin de là.

— Ça vient d'où ? avait-il chuchoté d'un ton cassant.

— C'est le facteur qui l'a apportée. Regarde, papa ! s'était exclamé Bodean. Y a des piquets et tout ! Ça s'attache en bas quand il pleut.

Flood l'avait foudroyé du regard.

— Je ne veux pas que tu touches au courrier ! C'est moi qui m'en occupe. Le courrier, c'est trop important pour qu'on joue avec.

— Mais papa…

— Il y a des factures et des choses comme ça. Si on les perd, on est dans le pétrin après. Je ne veux plus que tu touches au courrier !

Bodean et moi, on était rentrés à la maison un peu désarçonnés et meurtris. Je ne comprenais pas pourquoi on n'avait pas le droit de prendre le courrier. Mais impossible de discuter avec Flood.

Aujourd'hui, tout s'éclairait, de manière effroyable. Celui que j'appelais mon frère était une personne que je ne connaissais pas… C'était comme s'il menait une existence à part, différente de la nôtre.

Les mains tremblantes, j'ouvris une des lettres et commençai à la lire. Je m'en fichais de trahir Flood désormais ; j'avais plutôt le sentiment que c'était nous qui avions été trahis.

Mon cher Bobby Dean,

Je pense à toi aujourd'hui car c'est Pâques et je me souviens que je cachais des œufs pour toi le dimanche matin avant d'aller à l'église. Je revois ton visage qui s'illuminait chaque fois que tu en découvrais un ; tu courais vers moi avec tes grands yeux et tes doigt collants. Pendant la messe, tu avais mal au ventre à cause de tout le chocolat que tu avais mangé. J'avoue que je t'ai un peu trop gâté, mais je voulais que tu ne manques de rien.

Je suis triste que tu ne m'écrives pas. Je sais que tu es assez grand pour écrire maintenant. Tu as presque neuf ans ! Tu es un grand garçon, je ne te reconnaîtrais sans doute pas ! Veux-tu bien m'envoyer une photo de toi ? Je sais que tu n'écris pas parce que ton papa te l'interdit sûrement. Je ne veux pas que tu lui désobéisses, Bobby Dean, mais dans la vie, il faut parfois prendre des décisions tout seul. J'espère que tu y réfléchiras et que tu décideras, en écoutant ton cœur, ce que tu dois faire.

Je vous embrasse affectueusement, toi, papa Earl, tante Macy et Dutch. Et ton papa aussi, même si je suppose qu'il n'a pas envie d'entendre mon nom.

Ta maman qui t'aime.

J'avais les larmes aux yeux en rangeant cette lettre. J'entendais la voix de Becky, aussi nettement que si elle était là. Je pouvais presque l'entendre fredonner. Elle me manquait tellement que j'en avais l'estomac serré.

Je haïssais Flood. Je le haïssais si fort que ça me faisait peur. C'était la première fois que je découvrais le sens du mot « haine ». C'était un sentiment glacé qui s'insinuait dans vos os, si profondément qu'il semblait être là pour toujours. Mais le plus terrible, c'était que je ne pouvais même pas dire à Flood ce que je savais. J'avais fouillé dans ses affaires. On avait beau regarder la chose sous tous les angles, c'était mal.

J'aurais voulu en lire davantage, mais les lettres étaient si nombreuses que cela m'aurait pris une semaine, et je savais que si je commençais, je ne pourrais plus m'arrêter, alors je rangeai tout, les lettres et les cartes, sous le matelas et je finis de faire le lit. Puis je m'assis pour réfléchir.

C'était affreux de savoir ça. Mais impossible de revenir en arrière ; j'étais condamnée à vivre avec ce secret, pour toujours. Alors que j'essayais de retenir mes larmes, assise au bord du lit, j'entendis soudain un bruit de pas et mon cœur s'arrêta. Je me levai d'un bond et tournai la tête vers la porte. C'était Bodean, avec sa nouvelle coupe de cheveux.

– Qu'est-ce que tu fais dans la chambre de mon papa ?

– Le ménage.

– Menteuse. T'étais assise sur le lit.

– Je me reposais.

Il réfléchit une seconde et demanda :

– On peut aller au Trou Bleu ? Norma a envie d'y aller.

– Tu n'as qu'à y aller avec elle. Tu n'as pas besoin de moi.

Malgré moi, je me mis à sourire. Bodean avait une sorte de coupe en brosse avec des épis dans tous les sens. Ça faisait ressortir ses taches de rousseur, et il paraissait encore plus maigre et frêle. Comme s'il avait été assemblé de travers.

– Qu'est-ce qui t'amuse ? demanda-t-il en rougissant.

– Tu ressembles à un épouvantail !

Il se jeta sur moi pour me rouer de coups de poing, mais je saisis ses bras et le toisai. Il me regarda d'un air hébété. Sans réfléchir, je le serrai contre moi et déposai un gros baiser sur le sommet de son crâne. Il se débattit pour se libérer et s'empressa d'essuyer ses cheveux.

– Pourquoi tu as fait ça ? lança-t-il comme si je lui avais craché dessus.

– Allez, file ! Laisse-moi finir mon travail.

Il gonfla les joues et sortit en secouant la tête.

– Ah, les filles.

13

Après le dîner, on fit une partie de croquet dans le jardin derrière la maison. Bodean se montra insupportable ; il faisait l'intéressant devant Norma. Plus il essayait de jouer comme un professionnel, plus il ratait ses coups. Il boudait, geignait et demandait à recommencer.

— Non, ce ne serait pas équitable, dit papa, gentiment mais fermement.

Bodean bouda de plus belle.

— C'était pas un coup pour de vrai ! Je m'entraînais. Laissez-moi recommencer !

Flood intervint :

— Bodean, tu ne vas pas te comporter comme un bébé toute ta vie. Si tu veux jouer avec les grands, tu dois te conduire comme un grand.

— Je suis pas un bébé ! gémit-il.

— Alors, cesse de pleurnicher et laisse-nous jouer.

Bodean jeta son maillet et se précipita vers la maison. Flood le traita de mauvais joueur et Bodean lança par-dessus son épaule :

— Arrête ton char !

Papa quitta la partie peu de temps après, en expliquant qu'il avait mal au dos. On essaya de persuader tante Macy de prendre sa place, mais rien n'y fit. Assise dans un fauteuil de jardin, elle s'éventait avec un magazine et luttait contre sa migraine.

Moi-même, je n'étais pas très joviale. J'étais encore sous le choc de la découverte de ces lettres, et chaque fois que je regardais Flood, je sentais la colère qui faisait trembler mes genoux. Je pensais à Becky également et je commençais à lui en vouloir, à elle aussi. C'était elle qui avait abandonné Bodean, et maintenant, elle s'imaginait qu'un paquet de lettres allait tout arranger. Face à cet énorme gâchis, j'étais d'humeur grincheuse. On aurait dit que tout et tout le monde sur Terre m'énervait.

Norma figurait tout en haut de la liste de mes motifs d'exaspération. Je ne supportais pas de la voir sourire et glousser comme ça, et flirter de manière éhontée avec Flood. Elle prétendait ne pas savoir comment manier le maillet et elle lui demandait à chaque fois de l'aider. Flood se faisait une joie de lui obéir. Il se plaçait derrière elle et passait ses bras autour de sa taille pour lui montrer le mouvement. Elle était l'élève la plus bouchée au monde, et lui le professeur le plus patient. Quand je m'en allai, ils ne le remarquèrent même pas.

En entrant dans la cuisine, je trouvai papa devant la fenêtre, en train de regarder le ciel. Je le rejoignis et l'imitai. Sans dire un mot, il me prit par les épaules et on resta là, côte à côte, à contempler en silence le soleil qui descendait lentement derrière les arbres. Soudain, un éclat illumina le ciel à l'horizon. Je retins mon souffle.

Papa me tapota l'épaule.

– C'est juste un éclair de chaleur. Rien à espérer.

– Peut-être qu'il va pleuvoir.

– Pas tout de suite, je le crains.

Après une longue pause, il ajouta :

– Un de ces fameux orages du Sud serait le bienvenu, Dutch.

Je hochai la tête. Je savais qu'on avait besoin d'un gros orage, et en même temps, je le redoutais. Ils me fichaient la frousse. Dans le temps, quand le ciel grondait, Becky me laissait m'asseoir sur ses genoux. Elle disait que si on chantait une chanson, on n'aurait pas peur. Bercée par sa voix suave, je m'endormais très vite. Quand je rouvrais les yeux, c'était le matin, j'étais couchée dans mon lit et l'orage avait disparu depuis longtemps. Je pensais alors que Becky avait le pouvoir de faire fuir les vilaines choses.

Après son départ, ma peur des orages s'était amplifiée. J'avais l'impression que tout l'univers devenait incontrôlable. Papa essayait de m'expliquer que c'était uniquement Dieu qui purifiait l'atmosphère. Il me conduisait devant la fenêtre et m'obligeait à regarder les éclairs. Il disait que plus rien ne vous faisait peur une fois qu'on avait appris à les regarder en face. Finalement, j'avais réussi à masquer ma frayeur, mais elle ne m'avait jamais quittée véritablement.

J'ouvris le réfrigérateur pour me servir un verre de thé glacé. Papa resta devant la fenêtre et je m'assis à table pour l'observer. Au bout de quelques secondes, je demandai :

– Papa, je peux te poser une question ?

– Bien sûr.

Les yeux fixés sur les glaçons qui flottaient dans mon verre, j'essayais de trouver les mots justes.

— Quand tu sais quelque chose… un secret… et que tu sais que quelqu'un a fait quelque chose de mal…

J'hésitai. Je levai les yeux vers lui. Il m'écoutait, impassible.

— Tu sais que tu devrais tout dire, mais la façon dont tu as appris ce secret n'est pas très belle. En fait, c'était un peu sournois.

Je m'interrompis de nouveau pour avaler ma salive.

— Qu'est-ce qu'il faut faire ? Tout dire ou garder ça pour soi ?

Papa réfléchit. Il regarda le plancher, puis se tourna vers moi.

— Ça dépend, dit-il. Est-ce que ce secret risque de faire du mal à quelqu'un ?

— Ça fera du mal à une personne et ça en rendra une autre heureuse.

Il réfléchit encore et vint s'asseoir à côté de moi. Je sentais qu'il voulait en savoir plus, mais il ne m'obligeait jamais à dire ce que je ne voulais pas dire.

— Le mieux, dit-il, c'est peut-être d'écouter ta conscience.

J'essayai de localiser ma conscience, mais elle était aussi confuse que tout le reste.

— J'ai fouiné, avouai-je brusquement. J'ai fourré mon nez là où je n'aurais pas dû.

Papa hocha la tête.

— Dans ce cas, peut-être que tu ferais bien de garder ce secret pour toi. Dans la vie, il y a parfois des choses que certaines personnes ne doivent pas savoir.

Je me doutais qu'il dirait cela. Mais ça signifiait que je devais porter le poids de ce secret dans mon cœur, et franchement, ça commençait à peser.

Papa regarda ses mains. Je les regardai aussi. Elles étaient bronzées, constellées de taches de rousseur et jaunies par la résine des feuilles de tabac. Mais c'étaient les plus belles mains que je connaissais.

Il soupira et dit :

— Puisque tu m'as parlé de ton secret, je dois t'en confier un.

— Quoi donc ? demandai-je, le cœur battant.

— Il faut qu'on s'occupe bien de notre chère Norma.

Il sembla hésiter, puis ajouta :

— Elle va bientôt vivre des moments difficiles. Elle devra affronter une pénible nouvelle…

Il me regarda droit dans les yeux.

— Sa mère et son père vont divorcer.

Je sentis ma mâchoire se décrocher. Toutes sortes de pensées m'assaillirent, comme quand on ouvre une armoire trop pleine et que tout ce qu'elle contient vous dégringole sur la tête. Je regrettais d'avoir été en colère après elle. Je regrettais de ne pas avoir été un peu plus compréhensive.

— Elle ne sait pas encore ? demandai-je.

Papa secoua la tête.

— Je viens de l'apprendre, aujourd'hui.

J'observai le ciel à travers la fenêtre, juste au moment où un autre éclair de chaleur illuminait le monde. Dehors, j'entendais rire Norma et Flood.

— Qu'est-ce qu'elle va devenir ? demandai-je.

— Sa maman et elle vont aller vivre en Caroline du Nord. C'est de là que vient Fran.

Après un silence, il précisa :

– Je ne l'ai même jamais rencontrée. Au téléphone, elle paraît gentille.

Je réfléchis soigneusement avant de poser la question suivante :

– Et oncle Eugene, qu'est-ce qu'il va faire ?

– Je ne sais pas.

Tante Macy entra en se massant le front.

– On pourrait croire que ça va se rafraîchir au coucher du soleil, mais non !

Elle s'arrêta pour nous regarder. L'inquiétude apparut sur son visage.

– Tu lui as dit ? demanda-t-elle à papa, et celui-ci acquiesça.

Tante Macy s'assit et me tapota la main.

Soudain, j'éclatai en sanglots. C'était plus fort que moi. Tante Macy continua à me tapoter la main.

– Pourquoi est-ce que les gens divorcent ? demandai-je en ravalant mes larmes.

– Dieu seul le sait, dit tante Macy.

Je ne pensais plus à Norma. Je pensais à Flood et à Becky, à toutes ces lettres cachées sous le matelas. Je pensais à Bodean, dont la mère était pour lui comme un fantôme, ou une légende, un personnage mystérieux que certaines personnes affirmaient avoir connu, sans pouvoir en fournir la preuve.

Je ne comprenais pas que des familles volent en éclats, cela dépassait mon entendement. Que des gens puissent s'éloigner aussi facilement les uns des autres et devenir des étrangers. Je regardai papa ; il semblait penser la même chose que moi.

– Parfois, dit-il, les gens ont des problèmes qu'ils

n'arrivent pas à régler, Dutch. Ils ne peuvent plus vivre ensemble, pour une raison quelconque.

J'avais cessé de pleurer. Mes larmes s'évaporèrent rapidement, laissant quelques rougeurs sur mes joues.

– Des fois, reprit-il, je crois que les gens se lassent et renoncent, tout simplement.

D'un geste tendre, tante Macy repoussa les cheveux qui barraient mon visage et déposa un baiser sur mon oreille. C'était un geste inhabituel chez elle. Comme Flood, elle n'aimait pas trop les câlins et les baisers.

– La vie est parfois bien compliquée, hein, Dutch ? dit-elle.

Je confirmai d'un hochement de tête. On resta assis tous les trois autour de la table de la cuisine, silencieux, tandis que les rires de Norma et de Flood résonnaient dans la nuit stagnante et chaude.

14

Je ne sais pas d'où me vint cette idée. Elle fit irruption dans mon cerveau, subitement, et ensuite, impossible de l'en déloger.

Je pris un des blocs de correspondance dont se servait Norma pour écrire à Marshall. Elle en avait des piles et des piles, et je ne pensais pas qu'une feuille en plus ou en moins ferait une différence. J'aurais préféré utiliser mon propre bloc, mais je l'avais fini vers Noël. Et je n'en avais pas acheté d'autre car je n'avais plus beaucoup de personnes à qui écrire.

Je m'installai à la table de la cuisine pendant que tout le monde était sorti. Tante Macy avait emmené Bodean en ville pour lui acheter des chaussures et des sous-vêtements. Les hommes travaillaient dans les champs et Norma était partie faire une de ses longues promenades. La maison paraissait très calme, presque inquiétante. L'atmosphère était toujours aussi chaude et poisseuse, et le ventilateur de la cuisine avait du mal à brasser l'air.

Je me mis à écrire.

Chère Becky,

Comment vas-tu ? Moi, ça va. J'imagine que tu dois être surprise d'avoir de mes nouvelles après tout ce temps.

Laisse-moi te parler un peu de moi pour commencer. J'ai quatorze ans maintenant et je n'ai pas beaucoup changé par rapport au souvenir que tu as dû garder de moi, même si j'ai grandi. Je me prépare à entrer en troisième. Je n'ai pas de petit ami pour le moment, mais j'y travaille.

Ici, tout le monde va bien. Cet été, on accueille ma cousine Norma. La fille d'oncle Eugene. Elle est très gentille et jolie, tout le monde l'aime bien.

Si je t'écris, c'est parce que j'ai quelque chose à te dire. J'ai des raisons de penser que Bodean n'a jamais reçu aucune de tes lettres. Je sais que tu as sans doute essayé d'écrire une ou deux fois. Peut-être que le courrier s'est perdu, ou quelque chose comme ça. Bodean croit que tu l'as oublié, mais je suis sûre que c'est faux.

Je t'en prie, ne dis à personne que je t'ai écrit. J'aurais de gros ennuis. Ne me demande pas comment j'ai trouvé ton adresse. J'ai ma petite combine. Et surtout, ne m'écris pas. Ne me demande pas pourquoi, je ne peux pas te le dire. C'est plus sûr comme ça.

Peut-être que tu pourrais nous téléphoner. Il vaut mieux appeler dans la journée, surtout l'après-midi.

Voilà, c'est tout ce que j'avais à dire. S'il te plaît, garde tout ça pour toi. Je sais que je peux te faire confiance.

Affectueusement,
Margaret Peyton
(Dutch)

Mes mains tremblaient lorsque je pliai la lettre. J'avais conscience de prendre un risque énorme, et je ne savais pas trop dans quel but. Je me disais juste que Becky devait savoir ce qui se passait.

Je pris un timbre dans le tiroir à chaussettes de papa et me rendis à la boîte aux lettres pour attendre l'arrivée du facteur. Je voulais lui remettre l'enveloppe en mains propres. La boîte aux lettres se trouvait au début du chemin de la propriété et je suais à grosses gouttes lorsque j'y arrivai. Il était presque onze heures, l'heure à laquelle le facteur passait habituellement.

Assise au bord de la route, je guettais sa camionnette. Les frères Grogan passèrent à deux reprises en voiture et m'apostrophèrent par la vitre. On aurait dit qu'ils n'avaient rien de mieux à faire que de perdre leur temps. Parfois, je me demandais pourquoi Dieu avait pris la peine de créer des individus comme les Grogan.

Le facteur arriva enfin. Il sourit en me voyant.

— Tu dois attendre quelque chose de spécial, dit-il.

Il s'appelait Ernie Grunts. Il avait la tête pointue et des dents de travers. Il avait presque l'âge de papa et il vivait encore avec sa mère.

— En fait, non, répondis-je en lui tendant la lettre. Je n'avais rien de mieux à faire, voilà tout.

Ernie me remit notre courrier : quelques factures et plusieurs catalogues. Tante Macy raffolait des catalogues. Elle faisait tous ses achats de Noël par correspondance. J'y jetai un coup d'œil et les déposai dans notre boîte pour que Flood ne voie pas que j'avais touché au courrier.

En regardant repartir Ernie, je poussai un soupir de soulagement. J'étais impressionnée de penser que ma lettre allait transiter entre quelqu'un comme Ernie et une femme qui vivait seule dans une ville de la taille de Norfolk. Quand j'y réfléchissais, j'éprouvais une vive admiration pour le système postal.

Je rebroussai chemin ; à la fois heureuse et un peu effrayée, comme si je venais de déclencher quelque chose d'énorme.

Quelques mètres plus loin, j'aperçus deux personnes arrêtées près de l'enclos des vaches. Debout à l'abri d'un chêne, elles semblaient avoir une discussion sérieuse. En avançant, je vis qu'il s'agissait de Flood et de Norma.

Une fois de plus, ma curiosité prit le dessus. Je me rapprochai d'eux et m'arrêtai derrière un massif d'arbustes. Je les entrapercevais seulement, entre les feuilles, mais leurs voix me parvenaient distinctement.

C'était Flood qui parlait. Il disait :

— Je trouve que tu as beaucoup trop d'imagination.

— Pourquoi ? demanda Norma.

— Tu t'emportes.

— J'ai l'impression de ne pas être la seule à m'emporter.

— Allons, Norma. Tu es encore si jeune.

— Tu ne me trouvais pas si jeune que ça, hier soir.

— C'est justement ce que je veux dire. Hier soir, c'était un petit flirt inoffensif. Sans importance.

— Tu m'as embrassée ! s'exclama-t-elle.

— Écoute, Norma… ça ne compte pas.

— Tu ne donnais pas cette impression.

— C'est pourtant la vérité. Les gens comme moi… les hommes de mon âge… ils ne peuvent pas s'amuser à bécoter des filles…

– Je sais très bien ce que font les hommes de ton âge !

– Tu pourrais être ma fille, bon sang !

– Mon père a dix ans de plus que ma mère.

– Et moi, j'en ai vingt de plus que toi. Tu es une gamine. Tu as l'âge de Dutch.

– Ne me compare pas à elle. On ne se ressemble pas du tout.

– Qu'est-ce que tu reproches à Dutch ?

– Rien. C'est une chouette gamine. Mais c'est tout ce qu'elle est : une gamine. Elle n'est pas particulièrement mature pour son âge. Je la trouve très limitée.

Je sentais monter la nausée. J'aurais dû m'en aller, mais plus ça devenait affreux, plus j'avais envie d'écouter.

Flood dit alors :

– Dutch n'est pas une idiote. Elle pourrait certainement t'apprendre un bon nombre de choses.

Je ne pouvais pas croire que Flood prenait ma défense. Mais avant que je puisse m'attarder sur cette constatation, Norma reprit la parole :

– Ne dis pas n'importe quoi ! Elle ne connaît rien à rien. Et dès que ça touche à l'amour, elle est pathétique. Elle croit encore aux contes de fées. Elle rêve à ce garçon, Ethan, mais elle reste les bras croisés. Elle ne sait pas comment obtenir ce qu'elle veut. Remarque, elle n'est pas responsable. Quand on grandit dans un endroit pareil… Moi, j'ai vu et fait des choses qui la dépassent. Alors, ne viens pas me dire qu'on se ressemble.

– La question n'est pas là, répliqua Flood. On ne

parle pas de Dutch. La vérité, c'est que tu as le béguin pour moi comme une collégienne. Je me suis laissé emporter et j'ai profité de la situation. Mais je n'ai pas l'intention d'aller plus loin.

– Je ne te crois pas. Je ne peux pas croire que ce qui s'est passé hier soir était une erreur.

– Eh bien, si.

Norma demeura muette un long moment. J'écartai discrètement quelques branches et la vis regarder le sol, en secouant la tête.

– Tu es toujours amoureux de ta femme, hein ? demanda-t-elle finalement. Tu attends qu'elle revienne.

– Laisse-la en dehors de ça, s'il te plaît.

– Pourquoi ? C'est la vérité. Tu attends une chose qui n'arrivera jamais. Elle ne reviendra pas, Flood ! Tu vis dans un rêve.

Flood eut alors une réaction qui me stupéfia. Il prit Norma par les épaules et la secoua violemment, comme il le faisait parfois avec Bodean quand celui-ci était insupportable.

– Écoute-moi bien, petite. Tu t'aventures sur un territoire dangereux. Nul n'a le droit de faire allusion à ma femme. Et personne ne me parle sur ce ton, compris ? Je pourrais très bien te retourner une paire de gifles.

– Vas-y ! cria-t-elle. J'aimerais voir ça.

J'aurais aimé voir ça, moi aussi. Mais Flood laissa retomber ses bras et la regarda fixement. Au bout d'un moment, il leva les yeux au ciel et poussa un long soupir.

– Je ne sais pas ce qui m'arrive, avoua-t-il.

J'entendis ses pas qui s'éloignaient. Quelques

secondes après son départ, Norma laissa échapper un petit cri et donna un coup de pied dans la terre. Finalement, elle repartit en direction de la maison et je restai où j'étais, retardant au maximum le moment où je devrais apparaître au grand jour et adopter un comportement normal.

Si j'avais pu passer ma vie derrière ce massif, je l'aurais fait. Mais j'étais en train de découvrir une des leçons les plus cruelles de la vie : tôt ou tard, il fallait sortir de sa cachette.

15

Je fis le tour de la ferme pour me calmer. J'avais mal partout, comme quand on faisait travailler tous ses muscles alors qu'ils n'ont pas servi depuis longtemps. J'éprouvais une véritable douleur physique ; j'avais envie de me glisser dans un bain chaud pour la faire disparaître. C'était une sensation étrange.

Je n'avais ressenti cela qu'une seule fois, autant que je m'en souvienne. Quand Becky était partie. Je n'oublierai jamais ce jour.

C'était un dimanche matin. Quand papa était entré dans ma chambre, j'avais cru qu'il venait me réveiller pour aller à l'église, même si c'était habituellement tante Macy qui s'en chargeait. Il s'était assis au bord de mon lit et je l'avais regardé ; c'était la première fois que je remarquais ces rides de tristesse aux coins de ses yeux.

Il m'avait expliqué, d'une voix douce, que Becky était partie. Tout d'abord, je n'avais pas compris et je l'avais fait répéter pour m'assurer que j'avais bien entendu. Je ne pouvais pas croire qu'elle était partie de manière si soudaine, sans bruit. Je ne les avais même pas entendus se disputer, Flood et elle, comme cela leur arrivait parfois, dans leur chambre, tard le soir.

J'avais demandé à papa quand elle allait revenir et il avait répondu :

— Sans doute pas avant longtemps, si elle revient un jour.

— Ils vont divorcer ? avais-je demandé.

Je venais d'entendre parler du divorce. Les parents de Janie Catterwall avaient divorcé dernièrement, et cela avait fait grand bruit en ville. Tout à coup, les professeurs traitaient Janie beaucoup plus gentiment ; ils la laissaient faire la sieste durant les cours et quand elle quittait l'école avant les autres, ils ne disaient rien.

— Je ne sais pas, avait répondu papa. Peut-être.

— Elle a emmené Bodean ?

Cette perspective me glaçait le sang. Il n'avait que trois ans et il était encore si mignon, tout potelé, avec sa salopette et ses petites chaussures blanches. On aurait dit un jouet.

— Non, avait-il répondu.

Je m'étais sentie soulagée, mais presque aussitôt, j'avais compris qu'il y avait un problème. Comment pouvait-elle se passer de lui ? Moi-même je n'imaginais pas la vie sans Bodean, et pourtant je n'étais pas sa mère.

— Pourquoi ? avais-je demandé.

— Je ne sais pas. Je ne sais pas grand-chose, en fait… uniquement ce que m'a dit Flood.

— Il est triste ?

— Évidemment.

— Dans ce cas, pourquoi est-ce qu'il n'essaie pas de la rattraper ?

Papa n'avait pas répondu. Il s'était levé et m'avait tapoté le genou à travers l'édredon.

— Je sais qu'elle reviendra, avais-je dit. Il le faut.

— On verra.

Pendant des semaines, et même des mois, j'avais

128

espéré le retour de Becky. Chaque jour, en descendant du car de ramassage scolaire, je courais jusque chez nous et j'inspectais toute la maison pour déceler des traces de son retour. Je sursautais quand le téléphone sonnait. Je fonçais à la fenêtre chaque fois qu'une voiture s'engageait dans notre allée. Je m'inventais des petits jeux, en me disant : « S'il y a des nuages demain dans le ciel, ça veut dire que Becky reviendra. » Ça avait duré longtemps. Mais Becky n'était jamais revenue, et petit à petit, presque s'en m'en apercevoir, j'avais renoncé.

Aujourd'hui, alors que je suivais le chemin de terre qui longe le pré, j'éprouvais le même sentiment qu'à cette époque ; je me sentais trahie et abandonnée. Pire encore, je me sentais coupable. Si j'avais été différente, rien de tout cela ne serait arrivé.

Les vaches me regardaient passer en battant paresseusement des paupières. Je leur tirai la langue et elles continuèrent à me regarder fixement. Alors, je ramassai une pierre et la lançai dans leur direction. Elle atterrit à quelques pas d'elles, mais aucune ne bougea. Ce n'est pas facile de perturber une vache.

Je suivis le chemin jusqu'au champ de maïs où nous venions souvent jouer avec Bodean. Quand j'étais petite, je pouvais me perdre entre les pieds de maïs, si hauts que lorsque je levais les yeux, je ne voyais même plus le ciel. Maintenant, ce n'était plus possible : j'avais grandi et le maïs était moins haut qu'avant.

Norma avait dit plein de choses affreuses, mais surtout, elle avait révélé à Flood mon secret au sujet d'Ethan. C'était la deuxième personne à qui elle en parlait ; elle le clamait sur les toits comme si ça n'avait aucune espèce d'importance. Et je m'en voulais de lui avoir fait confiance. En vérité, elle n'avait jamais voulu devenir mon amie.

Elle avait dit à Flood que je ne comprenais rien et ne savais rien parce que j'avais grandi ici. Avait-elle raison ? Était-ce pour ça que j'avais été assez idiote pour la croire ? Peut-être que le monde était plein de gens comme elle, des gens qui ne croient en rien et ne tiennent pas leurs promesses.

Oh, j'avais envie de pénétrer dans le champ de maïs et d'y disparaître. De fait, j'envisageais sérieusement de le faire lorsque, en relevant la tête, je vis Bodean courir vers moi, aussi vite que le lui permettaient ses petites jambes maigres. Il avait l'air inquiet, le visage pincé et il serrait les poings. Il s'arrêta devant moi, essoufflé, et se tapota la poitrine.

– Y a un problème avec Norma, lâcha-t-il. Elle pleure.

– La grande affaire ! Tout le monde pleure, de temps à autre. Surtout les filles, tu devrais le savoir.

Il essayait de reprendre son souffle.

– Elle a le cœur brisé !

– C'est elle qui te l'a dit ?

– Oui ! Je lui ai demandé : « Qu'est-ce qui t'arrive ? » et elle m'a répondu : « Rien, à part que j'ai le cœur brisé. »

– Il n'est pas vraiment brisé, Bodean. C'est une façon de parler.

– Si tu la voyais ! Elle est toute rouge. Je crois qu'on devrait faire quelque chose. Peut-être qu'il faudrait en parler à grand-père.

— Elle s'en remettra, dis-je, amère.

— Tu te fiches pas mal d'elle, hein ? Tu ne penses qu'à toi !

— C'est faux.

— Je te déteste ! cracha-t-il.

— Bodean…

Trop tard, il avait déjà fait demi-tour pour retourner vers la maison, aussi vite qu'il était venu. Je le suivis, mais plus lentement ; je voulais lui laisser le temps de se calmer.

Quand j'entrai dans le salon, il était absorbé par un dessin animé qui passait à la télé. J'hésitai un instant, en pensant qu'il voudrait peut-être s'excuser, mais il me lança :

— Ton père n'est pas vitrier !

Je montai voir Norma. Je savais bien que j'aurais dû la laisser seule dans son coin, mais c'était plus fort que moi. Cette histoire me tracassait et il fallait que je vide mon sac, même si ça faisait mal.

J'entrai dans la chambre. Norma était roulée en boule sur son lit ; elle pleurait dans son oreiller. Elle pleurait en silence, mais tout son corps était secoué de sanglots. Je n'étais pas certaine qu'elle m'ait entendue entrer, mais au bout de quelques secondes, elle se tourna vers moi. Elle avait le visage boursouflé, les yeux mouillés et rougis. Des mèches de cheveux étaient collées sur ses joues humides. Soudain, elle n'avait plus rien d'extraordinaire à mes yeux. Elle ressemblait à une fille ordinaire.

— Dutch, si ça ne t'ennuie pas, dit-elle, j'aimerais vraiment rester seule.

— C'est ma chambre, rétorquai-je.

– Très bien. Si tu le prends comme ça.

Elle se retourna et se remit à pleurer.

Je m'assis sur mon lit et la regardai longuement avant de demander finalement :

– Qu'est-ce qui ne va pas ?

Elle se redressa, essuya ses larmes et essaya de sourire.

– Oh, c'est encore une de mes sautes d'humeur.

– C'est tout ?

Elle haussa les sourcils.

– Pourquoi tu me parles sur ce ton ?

– Quel ton ?

Nos regards se croisèrent. J'entendais presque fonctionner les rouages de son cerveau et j'essayai de demeurer impassible. Devais-je lui dire ce que je savais ou devais-je lui laisser deviner ?

– Je crois que Marshall me manque… dit-elle lentement. Qu'est-ce qu'il y a de surprenant ?

– Personne ne te manque, il paraît. Tu as oublié ?

Elle me regarda, perplexe. Je crus percevoir un soupçon de peur sur son visage.

– Tu m'accuses de quelque chose ?

– « Une mauvaise conscience s'accuse toute seule. »

C'était un proverbe que tante Macy récitait au moins une fois par jour.

– Et de quoi je suis coupable ?

– De mentir, dis-je. Tu pleures à cause de Flood.

C'était sorti comme ça. Je savais que j'étais dans de sales draps maintenant, et impossible de faire marche arrière. Son visage devint livide et ses larmes s'arrêtèrent brusquement.

– Qu'est-ce qui te fait dire ça ?

Je ne répondis pas, ce n'était pas nécessaire. Elle le voyait dans mes yeux.

– Sale petite peste ! Tu nous as espionnés !

– C'est toi, la peste, Norma. Tu m'as fait croire que tu étais mon amie…

– Tu sais ce qu'on dit, hein ? Ceux qui écoutent aux portes n'entendent jamais dire du bien d'eux. Voilà ce qui arrive quand on espionne des conversations intimes.

– Je n'ai pas pu faire autrement, mentis-je. Ce que tu as fait, ce n'est pas mieux. Toutes les choses que je t'ai racontées sur Ethan, c'était secret. Et tu les as répétées. Tu te fiches pas mal de…

– Toi et tes secrets ! Tu crois vraiment que les gens s'y intéressent ? Tu penses avoir des gros problèmes ? Les problèmes, tu ne sais même pas ce que c'est.

De nouveau, elle enfouit son visage dans ses mains et se remit à pleurer, bruyamment. Ses larmes me laissaient de marbre. Je me sentais glacée à l'intérieur.

– C'est toi qui te crois si importante, rétorquai-je. Comme si personne d'autre ne comptait sur Terre. Tu estimes que tu devrais avoir tout ce que tu veux, hein ?

Elle ne répondit pas. Elle continua à pleurer. Ne sachant pas quoi ajouter, je me levai et me dirigeai vers la porte. Mais sa voix m'arrêta :

– Je veux juste que quelqu'un ait besoin de moi. Ce n'est pas trop demander, il me semble.

Je me retournai. Elle regardait le mur, comme si elle s'adressait à une personne invisible.

– Je croyais que tu jouais en solo dans la vie, fis-je remarquer. C'est ce que tu disais.

– Non. C'est ce que mon père disait. Et c'est ce que tout le monde pense. « Norma va bien, Norma n'a besoin de rien, Norma est parfaite. » Qu'est-ce qu'ils en savent, hein ? Qu'est-ce que les gens savent de moi ?

Elle poussa un long soupir, sans quitter le mur des yeux.

– Je suis fatiguée de tout ça.

– De quoi ?

Cette fois, elle se tourna vers moi.

– D'être parfaite.

Je n'étais pas sûre de comprendre ce qu'elle disait. Et à vrai dire, je ne l'écoutais plus. Je pensais à mes propres problèmes.

– Sache que j'avais besoin de toi, dis-je. Et tu m'as laissé tomber.

– Tu ne me connais même pas.

– J'aimerais que tu ne sois pas ma cousine !

– Moi aussi !

– Tant mieux.

– Parfait, dit-elle.

Elle détourna le regard. J'ouvris la porte. Je n'avais rien à ajouter, mais curieusement, je sentais que je n'avais pas terminé. Je n'avais pas encore pris le dessus.

Alors, je fis volte-face et lançai :

– Je suis bien contente que tes parents divorcent !

Son corps se raidit. Je dus me retenir à la poignée de la porte. Mes paroles me revenaient en plein visage et je savais que je venais de dire la pire chose que j'aie jamais dite.

– Quoi ? demanda-t-elle d'une toute petite voix.

– Tu as bien entendu, ajoutai-je, comme si ma

langue ne m'appartenait plus. Tes parents vont divorcer. Et je ne leur jette pas la pierre. C'est sûrement à cause de toi.

Quand Norma me regarda, elle était écarlate et des larmes brillaient dans ses yeux, de véritables larmes venues de très loin. Elles coulèrent sur ses joues, puis sur son menton.

J'avais enfin réussi à lui faire du mal.

16

Au dîner, nul n'évoqua l'absence de Norma. Chacun semblait absorbé par ses propres soucis. Papa avait reçu de nouveau la visite des banquiers et il affichait cet air morne, absent, comme quand quelque chose le tracassait. Flood ne mangea presque rien, il resta assis devant son assiette à fumer cigarette sur cigarette. Tante Macy chassait la fumée d'une main ; de l'autre, elle tortillait une mèche de cheveux. Bodean était toujours furieux après moi et il ne voulait même pas me passer le sel. Je quittai la table dès que je le pus, en me disant que je m'occuperais de la vaisselle plus tard.

Je m'installai sur la véranda et je me plongeai dans un livre de la bibliothèque jusqu'à ce qu'il fasse trop noir dehors pour lire. Après cela, je contemplai les lucioles, petits points jaunes qui filaient dans l'obscurité, et les chauves-souris qui décrivaient des cercles frénétiques autour du lampadaire, avant de disparaître vers les étoiles.

Au bout d'un moment, Flood sortit à son tour sur la véranda et resta debout pour observer le jardin. Il ne m'avait pas vue, et lorsqu'il prit conscience de ma présence, il sursauta, ce qui lui arracha un petit rire.

– Tu m'as fait peur, dit-il.

Je haussai les épaules et baissai les yeux sur mon livre, resté ouvert sur mes genoux.

– Tu vas t'abîmer les yeux, dit-il.

– Je ne lis pas vraiment.

– C'est quoi ?

Il parlait du livre.

– *Huckleberry Finn.*

– Ah, oui. Je m'en souviens, dit-il comme s'il évoquait une chose survenue il y a longtemps. Je ne pourrais pas dire depuis quand je n'ai pas lu un bouquin.

Il s'approcha de moi. Il sentait l'after-shave. En levant les yeux vers lui, je vis qu'il arborait un sourire en coin.

– C'est curieux, hein ? La façon dont les choses changent.

– Quelles choses ?

C'était une réflexion en passant. Quand on est jeune, on croit qu'on sera éternel. On commence à croire que rien ne change jamais. Puis un jour, on regarde autour de soi et on s'aperçoit que les choses n'ont pas arrêté de changer, mais on était trop près pour s'en apercevoir.

– Oui, confirmai-je, même si je sentais, à son ton, qu'il parlait d'une chose que je n'étais pas censée comprendre.

– Quand tu as des enfants autour de toi, tu ne peux pas t'empêcher de remarquer qu'ils grandissent. Bodean pousse comme une mauvaise herbe et toi, tu es presque aussi grande que Macy maintenant.

Il ricana :

– Vient un moment où tu es obligé de te dire : « Hé, attends voir. S'ils vieillissent, ça veut dire que je vieillis aussi. »

C'était étrange d'entendre Flood parler de cette façon ; je ne l'avais jamais entendu dire ce genre de choses.

– Oh, Dutch, reprit-il en secouant la tête, avec un sourire, comme si j'avais dit quelque chose d'amusant. Le monde te secoue dans tous les sens, hein ? Il ne te laisse pas tranquille un seul instant.

– Qui a envie de rester tranquille ? demandai-je, mais il ne m'entendit pas.

Au demeurant, on aurait dit qu'il ne s'adressait pas à moi, mais à la nuit.

Soudain, il balança son blouson en jean sur son épaule et se dirigea vers sa camionnette. J'entendis ses bottes crisser sur le gravier. Je le regardai s'asseoir au volant et démarrer. Les faisceaux jaunes des phares éclairèrent l'herbe. Puis la camionnette démarra dans un nuage de poussière et s'éloigna sur la route obscure ; les feux arrière m'observaient comme deux yeux rouges maléfiques.

Je m'assoupis dans le rocking-chair. C'était un sommeil léger et j'entendais tous les bruits de la nuit. Ils s'insinuèrent dans mes rêves et je m'imaginai que j'étais perdue dans les bois, au milieu des criquets qui stridulaient, des grenouilles qui croassaient et des chiens qui aboyaient au loin. Le grincement de la porte à moustiquaire me réveilla en sursaut ; je ne savais plus où j'étais.

Papa approcha une chaise pour s'asseoir près de moi, en souriant. J'essayai de lui rendre son sourire, mais je sentis une boule se former dans ma gorge et je dus déglutir. Finalement, il posa sa main sur mon bras.

– Dis-moi tout, Dutch.

– Tout quoi ?

– Quand quelque chose te tracasse, je le sens.

– Oh.

Je songeai tout d'abord à nier, mais je n'en avais pas envie. Je ne pouvais pas lui cacher quelque chose très longtemps. Alors, j'essayai de choisir les mots qui convenaient, mais dès que j'ouvris la bouche, ils se déversèrent sans aucune retenue.

– Oh, papa, j'ai fait une chose horrible, affreuse !

– Tu veux me dire ce que c'est ?

– Tu vas me détester.

– Ne dis pas de bêtises, Dutch. Vas-y, dis-moi tout.

Je ravalai cette boule dans ma gorge.

– J'ai tout dit à Norma. Au sujet du divorce de ses parents.

Je le regardai : il paraissait plus déçu qu'en colère.

Je t'avais demandé de garder le secret, Dutch.

– Je suis désolée.

– Sa maman devait lui annoncer la nouvelle demain, au téléphone.

– Je ne sais pas ce qui m'a pris.

Il soupira.

– Ce qui est fait est fait.

– Ce n'est pas tout. Non seulement je lui ai dit, mais je l'ai fait de manière méchante.

Son front se plissa. Je n'aimais pas le voir aussi troublé, comme s'il était incapable d'imaginer pour quelle raison j'avais pu agir avec méchanceté.

– Je voulais lui faire du mal, expliquai-je.

– Pourquoi ?

— Parce que je l'ai entendue dire des horreurs sur moi. Ça m'a mise en colère, j'ai perdu la tête.

Je m'arrêtai juste avant de répéter mes paroles ; je n'en avais pas le courage.

— Mais je ne pensais pas ce que je disais, ajoutai-je. Du moins, je ne crois pas.

Papa se massa le menton.

— Tu vas devoir t'excuser.

Je secouai la tête. La perspective d'affronter Norma était intolérable.

— Je crois que je suis mauvaise, dis-je. Comme Flood. J'ai le diable en moi.

— C'est vrai de chacun de nous, de temps à autre. Flood dit des choses sous l'effet de la colère… C'est comme un monstre qui s'empare de ta bouche. C'est mal, mais ça arrive à tout le monde.

— Personne n'est aussi méchant que moi.

— Allons, Dutch, dit papa sur un ton de réprimande. Chacun a ses défauts, mais ça ne sert à rien de s'en glorifier.

Je le regardai fixement. Je ne savais absolument pas pourquoi je faisais ça.

— Être fier de ses défauts, c'est une forme de vanité, reprit-il. C'est trop facile de hausser les épaules en disant : « Je suis mauvais, c'est ainsi. » Et c'est tout aussi facile de rester assis les bras croisés, en pensant qu'on vaut bien n'importe qui. Ce qui est difficile, c'est de se regarder en face et de s'apercevoir qu'on est un peu des deux.

Après un moment de silence, il demanda :

— Tu comprends ce que je veux dire ?

Je haussai les épaules.

— Tu as une conscience, reprit-il. Tu sais que tu as fait quelque chose de mal. Ce que tu as fait à Norma, c'était mal, un point c'est tout.

— Je pensais qu'elle le méritait.

Maintenant que j'avais vidé mon sac, j'étais légèrement sur la défensive.

— Ce n'est pas à toi d'en décider. La vengeance est une chose redoutable.

— Elle appartient au Seigneur, dis-je en repensant aux Écritures et en me demandant pourquoi Dieu avait tous les droits.

— Je pense que le Seigneur se fiche pas mal de la vengeance, Dutch. Il veut juste que les gens s'entendent bien.

Je réfléchis à cette phrase, puis demandai :

— Qu'est-ce que je devrais faire ?

— T'excuser auprès de Norma. Tu ne peux rien faire d'autre.

J'avalai ma salive. Je sentais encore les résidus de colère quelque part en moi, semblable à ce voile collant que le jus d'orange vous laisse parfois dans la gorge.

— Même si je ne le pense pas vraiment ? demandai-je.

— Même si tu ne le penses pas vraiment, dit papa. Car un jour, bientôt, tu le penseras.

Il se pencha pour me tapoter le genou.

— Allez, vas-y.

Je me levai. Mes jambes flageolaient. Je rentrai dans la maison, en ayant l'impression que je n'avais jamais rien fait de plus difficile.

Norma était en train de rédiger son journal quand j'entrai dans la chambre, comme le premier soir où

elle avait couché chez nous. Je fermai tout doucement la porte et elle fit mine de ne pas m'entendre.
Finalement, je dis :

— Norma ?

— Hmmm ?

Elle consentit à lever les yeux de son carnet, avec
un petit sourire.

— Je regrette ce que j'ai dit. C'était mal.

Ma voix cala au milieu des excuses. J'avais espéré
qu'elles seraient plus longues et plus sincères, mais
brusquement, je n'avais plus envie de continuer.

Norma haussa les épaules. Elle s'était coiffée et
maquillée. Son visage ressemblait une fois de plus à
un tableau.

— C'est rien, dit-elle.

Puis elle se remit à écrire.

Je restai là à la regarder, frustrée.

— Tu n'es pas furieuse après moi ? demandai-je.

— Franchement, Dutch, je me fiche trop de ce que
tu penses pour être furieuse.

C'était certainement ce qu'elle pouvait dire de
plus horrible. J'eus l'impression qu'on venait de me
scier les jambes.

— Si j'ai appris une chose dans la vie, reprit-elle,
c'est qu'il ne faut jamais donner aux gens la satis-
faction de s'intéresser à leur opinion.

Elle écrivit une phrase dans son journal, puis
ajouta :

— En ce qui concerne mes parents, tu ne m'as rien
appris que je ne savais déjà. Et leurs problèmes ne
m'intéressent pas particulièrement, non plus. S'ils
veulent détruire leurs vies, c'est leur affaire.

– Mais ce sont tes parents ! m'offusquai-je bêtement. Et c'est ta vie !

Elle répondit par un ricanement.

– Tout dépend de comment on voit les choses.

J'observai son visage, si calme, impassible. Elle avait recommencé son numéro. Mais ça ne prenait plus ; je l'avais vue sous son vrai jour.

– Je refuse de croire que tu ne sois pas bouleversée, dis-je.

Elle soupira et jeta son stylo.

– Fiche-moi la paix ! Pourquoi est-ce que personne ne me fiche la paix ?

Je ne répondis pas. Elle reprit son stylo et se remit à écrire. Je compris que la discussion était terminée, et je devais avouer qu'elle n'avait pas servi à grand-chose. Norma était toujours furieuse après moi, et j'étais toujours furieuse après elle.

Norma ferma enfin son carnet, et sans même me demander mon avis, elle éteignit la lumière. J'ôtai mon jean et me couchai en gardant mon T-shirt. Tout mon corps était crispé, comme un poing serré. J'essayai de faire renaître ce sentiment que j'éprouvais habituellement avant de m'endormir, l'impression d'être à l'abri, bien au chaud, que je n'avais rien à craindre. Je me demandais si je connaîtrais à nouveau ce sentiment.

Peu de temps après m'être endormie, je fus réveillée par un vacarme dans l'escalier. Je me redressai dans mon lit, le cœur battant. Je regardai Norma : elle dormait à poings fermés.

Je me levai sans bruit et me précipitai vers la porte. Je l'entrouvris à peine. La lumière était allumée dans

l'escalier et je vis monter deux personnes qui semblaient tituber. Tante Macy et Flood. En fait, c'était
surtout Flood qui titubait, alors que tante Macy s'ef-
forçait de le soutenir. Jamais je n'avais vu quelqu'un
aussi soûl.

— Laisse-moi ici, dit mon frère d'une voix pâteuse
comme s'il avait la bouche pleine de colle. Je vais
dormir par terre.

Tante Macy lui chuchota :

— Tais-toi, Flood. Arrête de dire des sottises.

— J'en ai rien à foutre ! Rien à foutre, nom de
Dieu !

— Et ne jure pas ! Ça ne te suffit pas d'être ivre ?

— J'en ai rien à foutre, nom de Dieu !

— Si ton père te voyait dans cet état, il te jetterait
à la rue. Il ne veut pas d'ivrogne sous son toit.
Ressaisis-toi, Flood. Tu vas aller tout droit en enfer.

Le rire de Flood me fit sursauter.

— Comment je saurai que je suis en enfer ?
demanda-t-il. Comment je verrai la différence ?

Je refermai doucement la porte de ma chambre.
Je transpirais de la tête aux pieds, mais mes mains
étaient glacées.

17

Un soir, alors qu'on faisait la vaisselle du dîner, Bodean me dit :

– Tu n'aimes plus Norma.

Ce n'était pas une question. C'était une affirmation. Sans doute avait-il remarqué que nous ne faisions plus rien ensemble, elle et moi. Norma passait ses journées à regarder des *talk-shows* à la télé, l'un après l'autre, puis elle partait faire de longues promenades ou bien elle répétait ses enchaînements de gymnastique dans l'herbe. Parfois, Kenny venait la voir et je les observais par la fenêtre pendant qu'ils bavardaient et riaient sous le noyer. Quant à moi, j'accomplissais mes tâches quotidiennes et parfois, je faisais de la bicyclette. Je n'oubliais jamais de demander à ma cousine si elle voulait m'accompagner, mais elle disait toujours non.

« Le vélo, ce n'est pas ma spécialité », disait-elle en souriant, mais on savait bien, toutes les deux, ce que cachait cette réponse. On avait « rompu », comme on dit d'un couple d'amoureux. L'attirance avait disparu et c'était difficile d'essayer de continuer comme avant en sachant que plus rien n'était comme avant, justement.

Le soir où Bodean me fit cette réflexion, je plongeai mon regard dans l'eau savonneuse en faisant mine de n'avoir rien entendu.

– Tu l'as mise en colère, ajouta-t-il.

– Ah oui ? Et comment j'ai fait ?

– J'en sais rien. Mais si elle s'en va, ce sera à cause de toi.

– Tu savais bien, depuis le début, qu'elle allait repartir un jour.

– Elle resterait plus longtemps si tu n'étais pas aussi méchante.

Il essuyait une tasse à café, avec une telle hargne qu'on aurait dit qu'il essayait d'ôter la peinture.

– Tu es injuste, soupirai-je.

J'essayais d'être patiente avec lui.

– Peut-être que c'est toi qui devrais partir, lâcha-t-il.

– Oui, tu as peut-être raison.

Bodean ne voulait pas entendre ça ; il n'était pas d'humeur à supporter qu'on lui donne raison. Soudain, il lança la tasse à café contre le mur ; elle se brisa en mille morceaux. Je tournai la tête vers lui, lentement. Il leva vers moi ses grands yeux mouillés de larmes.

– Vas-y, va le dire à mon père ! s'écria-t-il et il sortit de la cuisine à toutes jambes en claquant la porte derrière lui.

Tante Macy entra, alors que je balayais les débris.

– Que s'est-il passé, ici ? demanda-t-elle en fronçant les sourcils.

Elle n'aimait pas le désordre.

– Je crois que j'ai été maladroite.

– Je ne sais pas ce qui se passe dans cette maison…

Moi non plus, je ne le savais pas. Et je n'avais pas envie d'y penser. Norma et moi, on s'évitait, Bodean me détestait désormais et Flood semblait suivre une mauvaise pente, plus personne à la maison ne reconnaissait l'être qu'il était devenu. Il sortait tous les soirs et rentrait tard, généralement ivre. Une fois, je l'avais surpris en train de se disputer avec papa, mais je m'étais bouché les oreilles pour ne plus entendre. J'en avais marre d'écouter les conversations des autres.

La sécheresse s'aggravait. Le tabac n'était pas la seule culture à souffrir. On ne mangeait plus de légumes frais, on devait se contenter de ceux qu'on avait congelés l'été précédent et qu'on mangeait généralement en hiver. Quel sentiment horrible la première fois où je descendis chercher du maïs à la cave, avec Macy, pour le dîner ! Quand on ouvrit le congélateur, une bouffée de fumée froide m'assaillit. En regardant toutes ces boîtes blanches sur lesquelles figuraient des dates de l'été dernier, j'eus envie de pleurer. Je ne pouvais m'empêcher de me demander : « Que va-t-on devenir ? Qu'est-ce qui arrive aux gens qui n'ont plus à manger ? » C'était une question que je ne m'étais encore jamais posée.

Soudain, j'eus la vision de toute ma famille faisant la queue à la soupe populaire devant la mairie. Bodean et moi recevrions des bons gratuits pour déjeuner à la cantine, comme ces élèves que l'on regardait toujours avec curiosité et un peu d'appréhension à l'école. Pire encore : je voyais papa entassant les siens et toutes nos affaires dans la camionnette pour nous emmener dans une ville peuplée d'étrangers.

Tante Macy remarqua mon expression et sembla lire dans mes pensées. Elle dit :

– Les choses finissent toujours par s'arranger. On a survécu à la Dépression, ne l'oublie pas.

Ces paroles me remontèrent un peu le moral car j'aimais bien les histoires qui parlaient de la grande crise de 1929 : les gens s'étaient entraidés ; ils se rassemblaient autour d'un feu de camp le soir, ils échangeaient des histoires et essayaient de se tenir chaud. Mais je m'aperçus que la Dépression était un phénomène différent ; un drame à l'échelle d'un pays tout entier. Là, le malheur semblait s'abattre sur un tout petit groupe de personnes, dans un coin reculé du monde.

Le soir où Bodean brisa la tasse à café, des nuages s'amoncelèrent dans le ciel. Ils étaient gros, violets, gonflés, et je les trouvais beaux. On était tous assis sur la véranda et on les regardait s'aligner au-dessus de nos têtes comme des pierres. Mais au bout d'un moment, ils se séparèrent et se dispersèrent, jusqu'à ce qu'il ne reste plus que des filaments violacés dans le ciel.

Le lendemain matin, au petit déjeuner, papa fit une annonce.

Il attendit que tout le monde ait vidé et repoussé son assiette, à l'exception de Bodean qui nous donnait toujours du fil à retordre au petit déjeuner. Il n'aimait pas les œufs, ni le bacon, ni le porridge, et il fallait se battre pour qu'il mange.

Papa dit :

– J'ai plusieurs nouvelles à vous annoncer. Pas très bonnes, je le crains.

Flood alluma une cigarette en plissant les yeux et ôta, entre le pouce et l'index, un brin de tabac collé sur sa langue. Tante Macy porta sa serviette à sa bouche, comme pour étouffer un bruit.

– Tout d'abord, reprit papa, j'espère que vous n'étiez pas très attachés à notre vieux tracteur car la semaine prochaine, il ne sera plus à nous.

Bodean leva les yeux de ses œufs brouillés.

– De quoi tu parles, grand-père ?

– Ils vont venir nous le reprendre, déclara Flood d'un air grave.

Sa prédiction s'était réalisée et il paraissait presque fier.

– Qui ça, « ils » ? demanda Bodean. C'est *notre* tracteur ! On l'a acheté ! Même si c'est un vieux tas de ferraille merdique, ajouta-t-il pour faire plaisir à son père.

Je pensais que Flood allait lui flanquer une taloche pour avoir dit un gros mot, mais au lieu de cela, il adressa à son fils un petit sourire en coin, approbateur.

– Hélas, non, on ne l'a pas payé, dit papa. Et les gens de la banque veulent le récupérer.

– Ah, merde ! fit Bodean, se sentant encouragé sur cette voie. Comment on va récolter le tabac sans tracteur ?

– On se débrouillera, répondit papa, et cette réponse sembla exaspérer Flood.

Il grimaça et secoua la tête, avant de boire une gorgée de café.

– Je savais que ce jour viendrait, dit tante Macy, les yeux fixés sur son assiette. Je le sentais.

– Allons, Macy, ce n'est pas la fin du monde, dit papa avec un petit rire forcé. Ce n'est pas la première fois qu'on saisit mon matériel ; je m'en suis toujours tiré.

149

— C'était au début, fit remarquer tante Macy. Dans les premiers temps.

Bodean lança sa fourchette sur la table en s'exclamant :

— Ah, nom de Dieu !

— Surveille ton langage, dit papa d'un ton sévère.

Flood continuait à fumer tranquillement, comme si le langage utilisé par Bodean ne le concernait pas. Bodean se tourna alors vers Norma, qui n'avait pas dit un mot durant cet échange. Elle coupait son bacon en tout petits morceaux avant de le manger.

— L'autre mauvaise nouvelle, reprit papa, c'est que notre petite Norma va bientôt nous quitter.

Elle leva les yeux et nous adressa à tous un sourire timide. Son regard s'arrêta sur moi une seconde, mais je ne pus le supporter et je détournai la tête.

Bodean était devenu écarlate.

— Manquait plus que ça !

— Nous sommes tous tristes de la voir partir, confirma papa.

— Pourquoi elle est obligée de partir ? demanda Bodean.

— Sa maman veut qu'elle rentre. Tu ne peux pas le lui reprocher.

Norma prit la parole :

—Vous avez tous été très gentils avec moi et je me suis bien amusée.

On aurait dit qu'elle récitait un texte appris par cœur.

Bodean demanda alors :

— Pourquoi on pourrait pas envoyer Dutch à la place et garder Norma ?

Autour de la table, tout le monde rit, sauf moi et Bodean. Il ne plaisantait pas et je craignais presque que quelqu'un le prenne au mot.

Les yeux fixés sur le mur, Flood demanda à Norma :

– Tu pars quand ?

Elle le regarda, intensément. Elle attendait qu'il tourne la tête vers elle, mais en vain.

– Après-demain.

Flood hocha la tête en crachant un jet de fumée.

– Tu vas nous manquer, dit tante Macy.

Puis elle sembla hésiter, comme si elle voulait ajouter quelque chose. Finalement, elle lança sa serviette sur la table et prit congé. Après son départ, tout le monde resta silencieux. Son absence soudaine nous déstabilisait.

– Vous aussi, vous me manquerez, dit Norma.

Pour Bodean, c'en était trop. Il se leva d'un bond et quitta la pièce en courant, juste avant que les larmes jaillissent. Je l'entendis pousser des sanglots au moment où il débouchait sur la véranda de derrière.

Papa s'adressa à Norma :

– Tu pourras toujours venir nous rendre une petite visite. Tu fais partie de la famille et une famille, c'est fait pour rester unie, pas vrai ?

Flood ricana en secouant la tête.

– Oui, c'est ça. La famille, c'est éternel, hein ?

Il écrasa sa cigarette dans son assiette et quitta la table à son tour.

Norma dit :

– Je crois que j'ai semé la pagaille.

– Non, ne t'en fais pas, répondit Flood. C'était déjà comme ça.

Sur ce, il sortit, nous laissant tous les trois, papa, Norma et moi. La table paraissait bancale. Toutes ces places vides me donnaient le cafard. Papa regardait ses genoux ; il laissa échapper un soupir. Norma se tourna vers moi.

– Je suppose que je te ne manquerai pas trop, Dutch, dit-elle.

Prise au dépourvu, je demeurai bouche bée.

Papa leva les yeux vers moi. Je sentais qu'il voulait que je réponde quelque chose, mais je ne savais pas quoi dire. Ma tête ressemblait à une canalisation bouchée.

– Euh… fis-je, mais rien d'autre ne sortit.

Tous les deux m'observaient ; ils attendaient la suite.

Finalement, je me levai et sortis, comme les autres.

18

Le soir qui précéda le départ de Norma, on se rendit à un grand repas organisé par l'Église. Tous les habitants de la ville étaient présents. Pour y participer, il suffisait d'apporter quelque chose à manger. Même les frères Grogan étaient venus, avec une boîte de biscuits achetée à l'épicerie.

Mme Evans, l'organisatrice de la soirée, n'était pas très contente.

— Allons, Daryl, dit-elle, il me semble que tu aurais pu trouver mieux qu'un paquet de vieux biscuits au citron.

— On voulait apporter des Oreo, mais y en avait plus, expliqua humblement Daryl.

Mme Evans poussa un soupir.

— De toute façon, quoi que je dise, je suppose que vous allez rester pour manger.

Daryl se contenta d'un sourire, puis Jimmy et lui s'empressèrent de filer vers le buffet.

Le dîner avait lieu sur l'herbe. Tante Macy et moi, on aida les autres femmes à tout installer et à servir les plats. Norma repéra très vite Kenny et ils s'éclipsèrent en se tenant par la main et en bavardant. Kenny affichait un air grave et Norma paraissait triste ; j'en déduisis qu'elle était en train de lui annoncer la nouvelle.

Comme toujours, Bodean se servit copieusement de tous les plats, dont il ne mangea que deux bouchées.

– Tu n'as pas honte ? lui dis-je. On subit une grave sécheresse, et toi, tu gaspilles la nourriture.

– C'est pas bon, rétorqua-t-il en jetant son assiette en carton dans la poubelle. C'est presque aussi dégueu que ta cuisine.

Je ne pris pas la peine de lui faire remarquer que la seule chose qu'il avait mangée ce soir, c'étaient les œufs à la diable que j'avais préparés.

On resta assis dans l'herbe un bon moment, à regarder déambuler les gens autour de nous. Je ne pus m'empêcher de remarquer que Flood bavardait avec quelques-unes des femmes de l'Église. Parmi lesquelles figurait Lucy Cabot. Elle était un peu trop habillée pour ce genre de repas champêtre, et je constatai que ses cheveux étaient légèrement bouclés aux extrémités. Elle était en train de coincer une mèche derrière son oreille, comme à son habitude. Ce qui m'énervait le plus, c'était que Flood l'écoutait parler en hochant la tête, et en souriant de temps à autre. Je sentais mon estomac se nouer. Alors, je détournai le regard.

Papa était en compagnie d'un groupe d'hommes et je devinai qu'ils parlaient du temps. Tous les gens de son âge ne parlaient plus que de ça. Un de ces hommes était le père d'Ethan ; il avait les mêmes cheveux roux, le même sourire de travers.

Bodean dit :

– Si on jouait à un-deux-trois soleil ?

Je réfléchis un instant. Habituellement, j'aurais accédé à sa requête, mais en tournant la tête, j'aperçus Ethan, justement, en train de lancer des fers à cheval autour d'un piquet, avec d'autres garçons, non loin de là. Je ne voulais pas qu'il me voie sautiller comme une gamine.

– On ne peut pas jouer à deux, répondis-je.

– On n'a qu'à demander à Norma.

– Ça ne l'intéressera pas.

– Tu dis ça parce que tu la détestes.

– Je ne déteste personne.

– T'es plus drôle, lâcha-t-il en prenant sa fidèle carabine à plomb qu'il emportait partout ces temps-ci.

Il la pointa vers le ciel, comme s'il attendait que passe un canard.

– Pose ça, dis-je. Tu vas blesser quelqu'un.

– Arrête ton char. T'es pas ma mère.

Ces paroles me firent penser à Becky. Je me demandai pourquoi elle n'avait toujours pas appelé. Peut-être que ma lettre l'avait mise en colère. Ou peut-être qu'Ernie Grunts, le facteur, l'avait perdue en chemin. Je ne voyais pas une seule raison qui pouvait l'empêcher de répondre… À moins que Flood ait raison et qu'elle s'en contrefiche.

Quand je reportai mon attention sur Bodean, il pointait sa carabine en direction de son père.

L'œil fermé et collé à la crosse, il demanda :

– Tu crois que je pourrais atteindre une de ces filles dans les fesses ?

Il visait Lucy.

– Arrête ça immédiatement ! Je ne plaisante pas. Une arme, ce n'est pas un jouet.

– C'est une vieille carabine à plombs pourrie.

– Peu importe. C'est dangereux.

Je saisis l'arme par le canon pour obliger Bodean à l'abaisser. Il fit la moue.

– Quand je serai grand, je serai criminel, déclara-t-il.

– Ça m'étonnerait.

– Je dévaliserai des banques.

– Pour quoi faire ?

J'avoue que son ton commençait à m'inquiéter.

– Comme ça, dit-il, je serai pas obligé de m'inquiéter à cause de la pluie. Et personne viendra me reprendre mon tracteur.

– On t'enverra en prison.

– Tant mieux ! Y a pas de filles en prison.

Il épaula de nouveau sa carabine et la pointa en direction de Kenny et Norma. Au même moment, Kenny prit Norma par la taille et Bodean rougit violemment. Je crus qu'il allait tirer. Une fois encore, je saisis le canon de son arme pour l'abaisser vers le sol.

– Je vais te flanquer une correction ! criai-je, un peu trop fort.

– Vas-y, essaie.

– Mon petit, tu vas finir tout droit en enfer.

– Je m'en fiche pas mal d'aller en enfer, déclara-t-il. Là-bas, au moins, je connaîtrai un tas de gens.

– Qui, par exemple ?

– Toi. Et ma maman.

Sur ce, il coinça sa carabine sous son bras et partit à toutes jambes.

Je n'essayai pas de le retenir. J'en avais assez de courir après Bodean et d'essayer de l'éduquer. J'étais encore trop jeune pour être mère.

Je me levai et me dirigeai vers la partie de fers à cheval. Peut-être que je pourrais convaincre Ethan de me parler, pensais-je. Je m'en voulais de l'avoir ignoré volontairement, comme me l'avait conseillé Norma. Maintenant, il devait être furieux après moi, pour toujours, et je ne pouvais m'en prendre qu'à moi-même.

C'était au tour d'Ethan de jouer lorsque j'arrivai. Son fer à cheval fendit les airs et retomba à quelques centimètres du piquet, avec un bruit sourd. Un petit nuage de poussière rose s'éleva et me fit tousser.

– Joli coup, Ethan ! lança un des garçons.

Il secoua la tête.

– Je peux faire mieux.

Il leva les yeux et m'aperçut. Il me regarda quelques secondes, puis détourna la tête. Jimmy Grogan, qui se trouvait tout près, me demanda :

– Tu veux essayer, Dutch ?

– Non, non. Je regarde, c'est tout.

– Les filles peuvent pas jouer à ce jeu, déclara Ethan.

– Dutch, elle peut, rétorqua Jimmy. Elle sait même pas qu'elle est une fille !

– Elle cogne dur, en tout cas, confirma Daryl. Hé, Dutch, t'es sûre que t'es pas un garçon déguisé ?

– Ça se pourrait, renchérit Jimmy. Elle est pas faite comme une femme. Il lui manque deux trucs essentiels.

Je ne sais pas ce qui me prit alors. Sans doute était-ce l'accumulation de tous mes tracas : Bodean et sa fichue carabine, Flood et Lucy, le regard noir d'Ethan. Je haïssais tout ce qui m'entourait. Alors, je me jetai sur Jimmy, poings en avant. Il me saisit par la taille et me souleva de terre.

157

— Sacrée furie, hein ? dit-il en me faisant tournoyer.

Je commençais à avoir des vertiges. Il me reposa brutalement et là encore, ce fut plus fort que moi, je me jetai sur lui de nouveau. Cette fois, je reçus un coup de poing dans les côtes, puis il me souleva pour me lancer à Daryl. Celui-ci me hissa sur son épaule, pendant que je lui martelais le dos de coups de poing. Au milieu des rires et des encouragements, j'entendis s'élever la voix d'Ethan :

— Arrêtez !

— Hé, qu'est-ce que vous dites de ça, les gars ? lança Daryl en me serrant de plus belle. On dirait qu'Ethan est amoureux !

J'entrevis l'image inversée d'Ethan ; il avait le visage écarlate, sans que je sache si c'était à cause de la colère ou de la gêne.

— Fichez-lui la paix, insista-t-il.

Mais Daryl continua à me faire tournoyer ; à tel point que je crus vomir. C'est alors que j'entendis tonner une autre voix :

— Il y a un problème ici ?

Le monde cessa aussitôt de tourner. Daryl me reposa délicatement sur le plancher des vaches, et quand j'eus repris mes esprits, je découvris Flood planté devant moi. Il foudroyait du regard les frères Grogan.

— Non, aucun problème, répondit Daryl en regardant ses pieds.

— Si je vous reprends en train d'embêter ma sœur, vous regretterez d'être nés.

— Hé, Flood, c'était pour rire.

– D'abord, c'est elle qu'a commencé ! ajouta Jimmy.

Flood s'approcha de lui jusqu'à ce que leurs visages se touchent presque.

– Je me fous de savoir qui a commencé. Je vous explique comment ça va se terminer.

Jimmy baissa les yeux et shoota dans la terre. Flood s'attarda une seconde, avant de revenir vers moi pour poser sa main sur mon épaule.

– Celui qui touche à cette fille aura affaire à moi.

Les frères Grogan regardèrent ailleurs. Je voyais bien qu'ils n'étaient pas très chauds pour tenir tête à Flood. Sans rien ajouter, mon frère repartit.

– J'ai pas peur de lui, dit Jimmy, qui était devenu blanc comme un linge.

– Ça va ? me demanda Ethan, qui continuait à fuir mon regard.

– Qu'est-ce que ça peut te faire ?

– Pour savoir, c'est tout.

– Je m'en remettrai, dis-je en haussant les épaules.

Je partis à la recherche de Bodean. Il commençait à faire nuit.

Je dus effectuer plusieurs fois le tour de l'église avant de le trouver. Il était assis derrière un gros chêne et je le distinguais à peine dans l'obscurité. Il tenait sa carabine à deux mains, entre ses jambes, et sa joue était appuyée contre le canon. En approchant, j'entendis des petits gémissements.

– Bodean, dis-je d'une voix douce en m'agenouillant près de lui.

Il leva les yeux vers moi ; les larmes avaient laissé des traînées noires sur son visage.

– Je l'ai pas fait exprès, dit-il.

– Quoi donc ?

– C'était un accident.

– De quoi tu parles ?

À peine eus-je posé cette question que j'aperçus un petit oiseau qui gisait sur le sol à quelques mètres de nous. Je m'avançai pour l'examiner. C'était un moineau. Bel et bien mort. Mon estomac se souleva à la vue de cette petite boule de plumes inanimée.

– Bodean, il ne faut pas tirer sur les oiseaux sans défense. Tuer une grouse, c'est une chose, mais…

– Je voulais pas, geignit-il. C'est arrivé tout seul.

Je le pris par les épaules. Il n'essaya pas de résister. Au contraire, il posa sa tête sur mon épaule et se remit à pleurer.

– Je suis méchant et mauvais. Je finirai tout droit en enfer.

– Mais non. J'ai dit ça parce que j'étais en colère.

– Je voulais pas le tuer. Je pensais juste lui faire un peu peur.

– Tu sais pourtant ce qui se passe si tu vises un oiseau avec une arme et si tu tires, hein ? Tu as déjà tué une grouse.

Il secoua la tête, en essuyant ses larmes avec le dos de sa main.

– J'ai jamais tiré sur rien du tout. C'est un truc que j'ai inventé. J'ai jamais tiré sur rien du tout.

– Mais si. J'ai vu les grouses que vous avez chassées. Flood me les a montrées.

– C'est papa qui a raconté ça à tout le monde. Quand il m'a emmené à la chasse avec lui, j'ai pas pu tirer. J'avais trop peur.

160

– Oh, fis-je en lui caressant les cheveux.

Je n'aurais su dire pourquoi, mais cette anecdote faisait remonter Flood dans mon estime. En réalité, il cherchait à protéger Bodean, comme il m'avait protégée des Grogan tout à l'heure. À cet instant, je n'étais pas loin de lui pardonner d'avoir caché les lettres de Becky. C'était peut-être une autre façon de protéger Bodean.

Celui-ci déclara :

– Je tirerai jamais sur quoi que ce soit, tant que je vivrai.

– Pas même sur un cerf ? demandai-je en le serrant contre moi.

– Non, rien ! dit-il en se mettant à sangloter.

Je lui tapotai le dos jusqu'à ce qu'il reprenne son souffle.

Je l'aidai à se lever et on retourna vers les convives rassemblés dans le pré. Il me tenait la main, très fort. En regardant par-dessus mon épaule, je vis sa carabine couchée dans l'herbe, solitaire et abandonnée.

– Je suis sûre que j'ai des glaces quelque part, dis-je en pressant sa main dans la mienne.

– J'ai pas faim, renifla-t-il. Mais je veux bien en partager une avec toi.

19

Papa, Bodean et moi, on accompagna Norma à l'arrêt du car. Tante Macy resta à la maison en prétextant qu'elle devait faire le ménage. Mais je connaissais la véritable raison : elle déteste les adieux.

On était serrés tous les quatre à l'avant de la camionnette et Bodean dut s'asseoir sur mes genoux. Il était d'humeur maussade et cela se lisait sur son visage boudeur. Il paraissait aussi mou et inerte qu'un sac de blé.

Norma regardait droit devant elle, impassible. Papa sifflotait en écoutant les chansons country qui passaient à la radio comme s'il les connaissait toutes, mais je savais bien que non car il n'allumait presque jamais la radio ; on aurait dit qu'il avait besoin de meubler le silence, d'une manière ou d'une autre.

J'appuyai mon menton sur la tête de Bodean et comptai les arbres qui défilaient. Ça me rappelait les fois où, avec Bodean, on s'amusait à compter les vaches pendant les trajets en voiture, pour savoir qui en aurait le plus à l'arrivée. Je me demandais s'il se souvenait de ce jeu. Mais je sentais que ce n'était pas le moment d'évoquer ce souvenir.

Alors qu'on traversait la ville, je regardai passer les lieux familiers : la solderie, la cafétéria et la salle de billard. Qu'éprouverais-je si je devais quitter tous ces endroits ? Ce n'était sûrement pas ça qui me manquerait ; on trouvait sans doute les mêmes commerces dans toutes les villes. Non, ce serait plutôt l'ambiance générale. Comme le drugstore, par exemple, où Gladys me laissait effectuer des achats sur le compte de papa, ou la quasi-certitude de trouver un élève du lycée que je connaissais en train de traîner sur les marches du palais de justice. Ce n'était pas la ville la plus chouette au monde, loin de là, mais au moins, j'y avais ma place.

Et puis, il y avait Ethan. L'idée de ne plus jamais le revoir me nouait l'estomac. Je ne pouvais même pas y songer trop longtemps sans éprouver le besoin de m'allonger. Alors, je me remis à compter les arbres, comme s'il était capital de savoir combien il y en avait entre la maison et l'arrêt de car.

– Tu m'écriras, hein, Dutch ? demanda Norma tout à coup.

Surprise par cette question, je sursautai, et Bodean se trémoussa sur mes genoux en protestant.

– Oui… bien sûr.

Je n'avais pas pensé un seul instant que Norma voudrait avoir de mes nouvelles. Elle m'adressa un sourire reconnaissant, du moins me sembla-t-il, avant de détourner la tête.

On arriva à la station-service Exxon à la sortie de la ville. C'était là que le car faisait un arrêt pour prendre des passagers… et en laisser descendre, si nécessaire. Mais il y avait toujours plus de partants que d'arrivants. Ce jour-là, une seule personne attendait le car : une dame, assise sur sa valise, qui feuilletait un magazine. Je reconnus la caissière de la solderie. Elle leva nonchalamment les yeux pour nous regarder passer, puis reporta son attention sur les pages glacées.

— Bonjour ! lui lança papa quand on descendit de la camionnette. Le car est à l'heure ?

La femme soupira et secoua la tête.

— Difficile à dire. Parfois, oui. Parfois, non.

— On ne peut pas s'y fier, pas vrai ? dit papa avec un petit rire.

— Non, mon bon monsieur. Comme vous dites. Je prends ce car tous les quinze jours pour aller à Norfolk. Je vais voir mon fiancé qui est dans la marine…

Elle s'interrompit brusquement comme si elle avait le sentiment d'en avoir trop dit.

Papa déclara :

— On ferait bien d'aller prendre ton billet, Norma.

Elle hocha la tête et suivit papa vers le guichet. Bodean s'attarda au bord de la route ; il semblait ne pas savoir quoi faire.

— Je peux avoir un Coca ? cria-t-il à papa.

Celui-ci s'arrêta pour sortir des pièces de sa poche. Bodean ne pouvait pas passer devant un distributeur sans vouloir acheter quelque chose. À la maison, on avait un frigo rempli de bouteilles de Coca, mais ça ne l'amusait pas autant. D'un geste vif, il prit la monnaie dans la main de papa et partit en courant. Je me retrouvai donc seule avec la dame.

— Vous travaillez à la solderie, pas vrai ? demandai-je.

— Oui, je suis caissière.

— Je vais y faire des courses, des fois.

— En effet, je t'ai déjà vue.

— Vous aimez Norfolk?

Elle secoua la tête.

— Je suis pas quelqu'un de la ville.

— C'est comment?

Elle haussa les épaules.

— Y a trop de monde et trop peu d'espace. Et toutes ces voitures! Faut au moins une heure pour faire dix kilomètres. Je me dis que Dieu n'a pas créé les gens pour qu'ils aient autant de voitures!

Elle s'interrompit pour s'éventer avec son magazine, puis elle reprit :

— Franchement, j'aimerais mieux rester ici, mais mon fiancé est en poste là-bas. Il a encore deux ans à faire dans l'armée avant qu'on se marie. Je lui ai répété un millier de fois que je n'avais pas l'intention de passer ma vie à voyager d'une ville à l'autre. Je lui avais pourtant bien dit de ne pas s'engager, mais il est tombé sur ce type qui faisait le tour du lycée pour recruter tout le monde, et il s'est laissé embobiner. Maintenant, il s'en mord les doigts. Je prie pour qu'il n'y ait pas de guerre.

Je hochai la tête ; j'aurais voulu qu'elle me parle de Norfolk, mais elle était passée à autre chose.

— Tu veux t'asseoir? me proposa-t-elle.

Elle me fit une petite place sur sa valise, que je sentis s'affaisser sous mon poids, mais la femme ne semblait pas s'en soucier.

— Je ne trouve pas ça juste, reprit-elle. Quelqu'un qui persuade une bande de jeunes gens de s'engager dans l'armée. Qu'est-ce qu'ils y connaissent? Ce bonhomme leur dit : « Je vous donnerai plein d'argent, vous n'aurez plus jamais de problèmes. » Un jeune gars, qu'est-ce que tu veux qu'il réponde, hein ? « Non merci, monsieur, je crois que je préfère rester ici à crever de faim. »

— Non, bien sûr, confirmai-je.

— Exactement ! Mais ce qu'ils ne te disent pas, c'est que si une guerre éclate, tu es le premier à partir. Walter, c'est mon fiancé, il dit : « T'en fais pas, ma chérie, y aura pas de guerre. » Et moi, je lui réponds : « Qu'est-ce que tu en sais ? Tu crois que les gens savent quand il va y avoir une guerre ? Ce type, il te dira tout ce que tu veux entendre, uniquement pour te faire signer son papier. »

— C'est horrible.

— N'est-ce pas ? Mais mon Walter, il regarde autour de lui et il dit : « Y a rien pour moi ici. » Et je ne peux pas lui dire le contraire, évidemment, vu la situation.

— Ça va mal partout, dis-je.

Je ne voulais pas que Walter et elle se croient seuls avec leurs problèmes.

— « N'empêche, je lui ai dit, il n'y a rien de pire que de recevoir une balle en pleine tête. »

— Et qu'est-ce qu'il a répondu ?

— Il a rigolé. Il trouve que je me fais toujours du mauvais sang sans raison.

— Il va quand même quitter la marine ?

— Il dit que oui. Mais j'en sais rien. Franchement, j'en sais rien.

Il y eut un moment de silence, puis elle demanda :

— Tu vas quelque part ?

— Non. J'accompagne juste ma cousine. Elle habite à Richmond.

166

La femme hocha la tête et dit :

— Parfois, je me demande : Est-ce que je fais le bon choix ? Est-ce que je dois laisser Walter tout seul là-bas ? Est-ce que je ne devrais pas sauter le pas et l'épouser ? On verrait bien ce que ça donne. Mais je sens que ma place est ici. Et quand on s'éloigne de chez soi, je crois qu'on devient fou.

— Ouais.

— Mais l'amour, ça vous fait faire des trucs bizarres. C'est sûr.

— Je vois ce que vous voulez dire.

Elle me regarda.

— Tu as quel âge ?

— Quatorze ans.

— C'est un bel âge. J'ai l'impression qu'on peut posséder le monde entier à cet âge.

— Sauf que ce n'est pas possible.

— Non, pour personne.

Elle observa ses doigts, qui étaient longs, effilés et très jolis. Elle portait une petite bague de fiançailles à la main gauche.

Je m'apprêtais à lui poser d'autres questions sur son petit ami, lorsque Bodean revint en courant, un Coca à la main. Il nous dévisagea toutes les deux et glissa le goulot de la bouteille entre ses lèvres.

— Mon neveu, Bodean, dis-je.

— Bonjour, Bodean. Je m'appelle Clareese.

— Je suis pas son neveu, déclara Bodean.

— Bien sûr que si ! m'empressai-je de préciser, de crainte que cette femme ne me prenne pour une menteuse.

Elle rit.

– Ils sont vraiment pénibles à cet âge, compatit-elle.

Papa et Norma réapparurent au moment où le car arrivait. Il s'arrêta devant nous dans un chuintement. Je me levai pour que Clareese puisse prendre sa valise. Elle m'adressa un regard triste, comme si nous étions de vieilles amies et qu'elle avait le cœur gros de me quitter.

– À un de ces jours, me dit-elle, avant de se diriger vers la porte du car en traînant sa valise à deux mains.

C'était étrange de penser que je ne saurais peut-être jamais à quoi ressemblerait sa vie, ce qu'il adviendrait d'elle et de Walter. Cela me faisait voir le monde sous la forme d'une énorme porte à tambour… un tas de gens différents entraient et vous frôlaient au passage, brièvement, avant de ressortir. C'était incroyable la rapidité avec laquelle on pouvait connaître une personne, rien qu'en s'asseyant sur une valise et en lui parlant.

Norma étreignit papa en s'accrochant à son cou. Bodean se cachait derrière sa bouteille de Coca, en attendant son tour. Mais quand celui-ci arriva, il recula devant Norma, comme s'il avait peur.

– Tu vas me manquer, Bodean, dit-elle.

Il sourit jusqu'aux oreilles, tout en rougissant. Et soudain, il noua ses bras autour de sa taille. Jamais il ne m'avait fait ça, pas depuis longtemps en tout cas.

Après cette démonstration d'affection, il parut gêné et il alla trouver refuge auprès de papa. Norma se tourna alors vers moi.

Elle dit simplement :

– Dutch.

Je la serrai contre moi, avec raideur. Elle m'étreignit à son tour, brutalement, et m'embrassa sur la joue. Je sentais son parfum, à la fois sucré et puissant, comme des fleurs de magnolia. Jusqu'à la fin de mes jours, cette odeur me rappellerait Norma.

– J'aimerais te ressembler davantage, me glissa-t-elle au creux de l'oreille.

Je me reculai et la regardai, sans essayer de cacher ma surprise.

– Pourquoi ?

Elle hausa les épaules.

– C'est comme ça. J'aurais aimé qu'on se rencontre il y a longtemps… quand on était petites, peut-être. Avant cette histoire débile.

Je ne lui demandai pas à quoi elle faisait allusion. J'avais l'impression de le savoir. C'est alors qu'une chose étrange se produisit. En observant Norma, j'eus soudain le sentiment de voir quelqu'un de complètement différent, une tout autre personne. Devant ce gros car, elle paraissait frêle et un peu effrayée. Et soudain, je compris : elle aussi, elle avait peur. Elle était comme moi, comme Clareese et Bodean. Tout le monde avait peur.

En l'espace d'une seconde, un monde nouveau m'apparut. Tout à coup, je savais ce que voulait dire papa quand il affirmait que les gens n'étaient jamais entièrement bons ou entièrement mauvais ; que le plus difficile dans la vie, c'était d'apprendre que nous étions tous un peu les deux à la fois. Cette vérité me frappa avec une telle force que je ne pus m'empêcher de frissonner. Je dus nouer mes bras autour de mon torse.

Norma me tourna le dos et monta dans le car. Elle s'arrêta sur la dernière marche et se retourna.

– C'est toi qui viendras me voir, la prochaine fois, hein ? dit-elle avec un sourire. Je te ferai visiter la ville. On pourra faire un tas de choses toutes les deux. Je serais très déçue si tu ne venais pas.

– Je viendrai, si je peux.

Elle sourit de nouveau. Puis la porte du car se referma et Norma s'en alla.

– Dutch, ma chérie, qu'est-ce qui ne va pas ? demanda papa.

Sans m'en apercevoir, je m'étais mise à pleurer. Je ravalai un sanglot.

– Oh, c'est horrible, papa, soupirai-je en reniflant. J'aime beaucoup Norma.

– Ça n'a rien d'horrible.

– Si, parce que je ne le savais pas ! Je viens de m'en apercevoir.

On resta tous les trois au bord de la route, à regarder le car qui s'éloignait en laissant dans son sillage un nuage de fumée noire. Les chromes brillaient sous le soleil brûlant. Je ne le quittai pas des yeux jusqu'à ce qu'il ne soit plus qu'une petite boîte de conserve qui roulait lentement vers l'horizon.

20

Sur le trajet du retour, Bodean fut un véritable moulin à paroles. Il parlait toujours trop quand il voulait faire croire que rien ne le tracassait. Papa m'adressa un sourire entendu, pendant que Bodean continuait à jacasser :

– Quand je serai plus grand, je ficherai le camp d'ici dès que je pourrai. Je partirai et vous me reverrez plus jamais. Mais vous entendrez parler de moi dans le journal.

– Tu vas devenir célèbre ? demanda papa.

– Exactement ! Je serai l'homme le plus riche d'Amérique !

– Et d'où viendra tout cet argent ? interrogeai-je, décidée à entrer dans son jeu.

Après avoir réfléchi, il dit :

– J'inventerai un truc. Je sais pas encore quoi, mais ce sera un truc énorme. Et vous me courrez tous après pour me réclamer de l'argent. Peut-être que je vous en donnerai, peut-être que non.

– Où vivras-tu ?

– À Dallas, au Texas.

– Tu n'as pas peur de te sentir seul, si loin de la maison ? demanda papa. Tu ne connais personne au Texas.

Bodean réfléchit de nouveau.

– Je crois que je prendrai un chien.

Papa s'arrêta à l'épicerie afin d'acheter des hamburgers pour le dîner. Alors qu'on descendait de la camionnette, j'aperçus Kenny et Ethan qui jouaient au flipper à l'entrée de la boutique. Bodean courut immédiatement vers eux, si bien que je fus obligée de le suivre. Kenny était concentré sur sa partie, mais Ethan me salua d'un hochement de tête et marmonna un « Salut ». Bodean se dressa sur la pointe des pieds pour se hisser au-dessus du flipper.

— Ça a pas l'air très dur, commenta-t-il. Laisse-moi essayer.

— Tu es trop petit, dit Kenny.

Il perdit sa bille au même moment et frappa sur la vitre avec son poing.

— Je veux essayer ! insista Bodean.

— N'embête pas les gens, dis-je.

— Je lui laisse ma place, dit Ethan. Il pourra pas faire pire que moi, de toute façon.

Bodean voyait à peine cc qu'il faisait, mais il s'appliquait. Il tirait la langue sur le côté, pendant qu'il appuyait sur les boutons. Quand il perdit sa bille, il frappa sur le flipper pour imiter Kenny.

Avant de reprendre sa place, celui-ci me dit :

— Norma est partie, hein ?

— Oui, à l'instant.

Il hocha la tête et ajouta :

— Elle était plutôt sympa.

Ethan s'esclaffa :

— « Plutôt sympa » ? Tu ne parlais que d'elle depuis le jour où tu l'as vue !

— Ça n'a plus d'importance maintenant. Elle est partie et ça m'étonnerait qu'elle revienne, dit Kenny.

— Si, si ! s'exclama Bodean. Elle reviendra nous voir, bientôt. Elle a promis.

Kenny et Ethan le regardèrent, avant d'éclater de rire.

– J'ai l'impression que Kenny n'est pas le seul à être amoureux, commenta Ethan. C'est ta fiancée, Bodean ?

– Arrête ton char ! répliqua Bodean en rougissant jusqu'aux oreilles. C'est une vieille.

– J'ignorais que j'avais un rival aussi sérieux, plaisanta Kenny, et Bodean rougit de plus belle.

– Bodean l'a serrée dans ses bras au moment du départ, ajoutai-je. Il ne se serait pas fait prier pour monter dans le car avec elle.

Les deux garçons gloussèrent, alors que Bodean semblait au bord de la crise d'apoplexie. Il se tourna vers Ethan et lui demanda :

– C'est toi le chéri de Dutch, hein ?

Ce fut à mon tour de rougir. Mes joues étaient brûlantes comme des braises.

– Je le sais, reprit Bodean. Elle est folle amoureuse de toi. Elle ne parle que de ça.

– Bodean… murmurai-je.

– Norma te le dirait, si elle était là. C'est pour ça que Dutch s'est mis tout ce maquillage l'autre jour. Elle croyait que tu allais tomber raide dingue. Elle a dit…

– La ferme, Bodean, crachai-je.

– C'est la vérité !

Kenny et Ethan ne disaient rien. Le visage d'Ethan était figé, indéchiffrable ; impossible de deviner ce qu'il pensait à cet instant. D'ailleurs, je n'étais pas certaine de vouloir le savoir.

Sur ce, papa ressortit de l'épicerie avec un sac plein.

Jamais je ne fus si heureuse de voir quelqu'un. J'agrippai Bodean par le bras et l'entraînai.

– Bonjour, les garçons ! lança papa.

Ils le saluèrent d'un signe de tête.

Une fois à l'intérieur de la camionnette, j'enfouis mon visage dans mes mains et poussai un long soupir.

– Qu'est-ce qui t'arrive ? demanda papa.

– Rien. C'est la chaleur, je crois.

– Elle est amoureuse, dit Bodean.

Papa sourit et démarra.

Durant tout le trajet, je cherchai un moyen de ne plus revoir Ethan. Je pourrais peut-être réussir à l'éviter jusqu'à la fin de l'été, mais ça deviendrait plus difficile quand l'école recommencerait. Bizarrement, je n'arrivais pas à en vouloir à Bodean, même en le voyant assis là, avec son sourire satisfait. Vous ne pouvez pas raconter les secrets des autres quand vous-même vous cachez des choses.

J'avais encore la tête qui tournait quand on s'engagea dans notre allée. Je remarquai à peine la voiture inconnue qui était garée à côté de la Chevrolet. Une vieille Toyota bleue.

– On a de la visite, on dirait, commenta papa.

Bodean et moi, on courut vers la maison, impatients de découvrir qui était ce visiteur. Tante Macy nous accueillit à la porte. Elle se tordait nerveusement les mains.

– Ah, enfin ! J'ai cru que vous ne rentreriez jamais.

– C'est qui ? demandai-je à voix basse.

– Va donc voir par toi-même.

On se précipita en même temps dans le salon, et

on faillit se faire trébucher. La personne en question était assise sur le canapé. Flood, debout près de la fenêtre, regardait dehors.

Elle était comme dans mon souvenir. Avec ses cheveux noirs qui formaient des boucles souples autour de son visage. Ses yeux aussi noirs que la nuit. Elle avait les joues roses, les lèvres charnues et rouges. Et quand elle souriait, on voyait le petit espace entre ses dents de devant. Une fine couche de taches de rousseur constellait son nez, comme celui de Bodean. Elle nous sourit, en triturant nerveusement le lobe de son oreille.

Flood prit la parole :

— Bodean, voici ta maman.

Bodean la regarda en clignant des yeux. Il se tourna vers moi, puis vers Flood, avant de revenir sur Becky. Sa lèvre inférieure tremblotait.

— Tu es pas ma maman, dit-il.

Le sourire de Becky vacilla légèrement.

— Je me doutais que tu ne te souviendrais pas de moi.

— Je me souviens pas de toi parce que tu n'es pas ma maman.

— Bodean… dis-je.

— Ma maman est une mauvaise femme ! cracha Bodean.

Sur ce, il fit demi-tour et gravit l'escalier en courant. Tout le monde resta muet. Flood se retourna vers la fenêtre.

La porte d'entrée claqua et papa entra. En voyant Becky, il s'arrêta net.

— Bonté divine !

Il posa le sac de provisions pour avancer vers elle. Becky se leva lentement et il l'enlaça, en lui tapotant doucement le dos. Becky se mit à renifler.

– Il était temps qu'il y ait une bonne nouvelle dans cette maison, dit-il en s'écartant pour la tenir à bout de bras, par les épaules.

Becky baissa les yeux.

– Je ne suis pas revenue pour rester, papa Earl.

– C'est quand même une joie de te voir.

Ils échangèrent un long sourire, puis Becky se tourna vers moi.

– Tu te souviens de moi, hein, Dutch ?

Je hochai la tête, bêtement. Elle tendit la main vers moi et on s'étreignit maladroitement, en nous cognant les genoux et le menton. Elle était plus maigre que dans mon souvenir.

– Moi, je ne suis pas sûre que je t'aurais reconnue, dit-elle en caressant mes cheveux. Tu as tellement grandi.

Le silence retomba dans la pièce ; on nous entendait presque respirer. Finalement, papa reprit son sac de provisions et le bruit du papier nous parut assourdissant.

– Tu peux au moins rester dîner, non ? dit-il.

– Oui, je crois. Enfin… si ça ne pose pas de problème.

– Bien sûr que non ! s'exclama papa. Dommage qu'on ne puisse pas t'offrir autre chose qu'un hamburger.

Il se tourna vers moi :

– Mais Dutch peut peut-être trouver un moyen d'améliorer ce repas.

C'était le signal que nous devions quitter la pièce. On sortit ensemble, papa et moi, et je ne pus m'empêcher de remarquer l'expression de Flood. Son regard semblait nous supplier, comme s'il redoutait ce qui l'attendait. Puis il fit face à la fenêtre, de nouveau, pour contempler les arbres, le ciel et les champs. On aurait dit que le monde était pour lui un énorme mystère.

21

Becky dîna avec nous, ce soir-là, mais pas Flood. Sa place vide à table ressemblait à une horrible cicatrice que chacun de nous évitait de regarder.

Assis tout près de moi, Bodean gardait les yeux fixés sur son assiette, même s'il n'aimait pas trop son contenu. Une ou deux fois je surpris Becky en train de l'observer, la tête légèrement penchée sur le côté, comme si elle essayait de retrouver un peu d'elle en lui. Je me disais qu'elle devrait vraiment chercher attentivement car la seule chose qu'il avait héritée de sa mère, c'étaient ses taches de rousseur et peut-être aussi la forme de son nez. Pour le reste, Bodean était le portrait craché de Flood.

Tante Macy et papa se chargèrent d'alimenter la conversation en interrogeant Becky sur Norfolk et en lui demandant ce qu'elle devenait. Elle vivait dans un studio, dit-elle, et elle avait travaillé longtemps dans une agence immobilière comme secrétaire. Finalement, elle avait passé un examen pour devenir à son tour agent immobilier.

– J'ai du mal à t'imaginer en femme d'affaires, dit papa.

– Oh, je n'ai pas l'impression d'être une femme d'affaires, répondit Becky avec ce rire léger dont je me souvenais si bien. Mon métier consiste plutôt à chercher des maisons. Comme je le dis toujours : jamais je n'essaierai de vendre à quelqu'un une maison dans laquelle je n'aimerais pas vivre. Comme je n'ai pas les moyens de m'en offrir une pour le moment, j'en profite par procuration.

Papa sourit et moi aussi. Je me promis de chercher le sens de l'expression « par procuration ».

— Autrement dit, tu te débrouilles plutôt bien toute seule, dit papa.

— Je gagne ma vie.

— Non, je voulais dire… dans une ville aussi grande. Il paraît que le taux de criminalité est très élevé là-bas.

— Oh, il suffit d'éviter les quartiers malfamés. On ne peut pas rentrer seule à pied le soir, mais à part ça, on fait ce qu'on veut.

— Tu as des amis ? demanda tante Macy.

Je sentais qu'elle voulait savoir si Becky avait un fiancé et j'avoue que ça m'intéressait, moi aussi.

— Oui, quelques-uns. Surtout des filles avec qui je travaille. Et je fais partie d'un club de bowling.

— Je n'ai jamais connu quelqu'un qui jouait aussi bien que toi, déclara papa. Pour une femme, je veux dire.

Tante Macy lui raconta que nous avions reçu la visite de Norma.

— Oui, je sais. Dutch me l'a dit.

Je lâchai ma fourchette, qui tinta dans mon assiette.

Je sentais mon cœur cogner dans ma poitrine ; tout le monde avait les yeux fixés sur moi. Mon regard croisa celui de Becky, qui m'adressa un sourire rassurant.

— Ah bon ? s'étonna tante Macy.

– Oui. Juste avant le dîner. Elle m'en a parlé, mais on n'a pas eu le temps d'entrer dans les détails.

Je poussai un discret soupir de soulagement, alors que tante Macy se lançait dans une description de Norma, en disant que nous avions tous apprécié sa compagnie. Puis la discussion dériva vers l'oncle Eugene et Becky fut étonnée d'apprendre que tante Fran et lui allaient divorcer.

– J'ai toujours eu envie de rencontrer l'oncle Eugene, avoua-t-elle. J'ai un faible pour les brebis galeuses. Peut-être parce que je l'ai été moi-même. Mes parents étaient opposés à ce que j'épouse Flood. Ils trouvaient que j'étais trop jeune et ainsi de suite.

L'évocation de Flood provoqua un lourd silence.

– Je peux sortir de table ? dit Bodean.

Il ne demandait presque jamais la permission. Habituellement, il filait dès que l'envie l'en prenait.

– Tu n'as même pas touché à tes pois chiches, dit tante Macy.

– J'en veux pas. Ça me donne envie de dégobiller.

Tante Macy soupira et se tourna vers Becky. Celle-ci semblait désorientée. Elle braqua son regard sur Bodean et tous les deux s'observèrent un long moment, sans rien dire.

– Allez, file ! dit tante Macy.

Bodean se leva d'un bond et sortit de la cuisine en courant. Ses pas résonnèrent dans l'escalier, puis la porte de sa chambre claqua.

Becky se racla la gorge.

– C'est curieux, avoua-t-elle. Je sentais que j'aurais dû lui ordonner de manger ses légumes, car c'est le rôle d'une mère. Et en même temps, je me disais que je n'en avais pas le droit. Je veux dire…

Elle reprit son souffle :

– … Je ne sais même pas ce qu'il aime manger.

On la regardait, mal à l'aise, comme si quelqu'un venait de mourir brusquement à table.

– Il n'aime pas grand-chose, dit finalement tante Macy. À part les cochonneries, évidemment.

– C'est de son âge, dit Becky.

On hocha tous la tête en chœur, trop contents de pouvoir l'approuver.

Papa reprit la parole :

– Il finira par s'habituer, ma belle. Il est un peu perdu.

– Oui, je sais. Je me doutais que ça se passerait de cette façon. Pendant tout le trajet, je me suis répété : « N'espère pas trop. »

Elle s'interrompit de nouveau, en pressant son poing sur ses lèvres. Son visage rougit légèrement et ses cils papillotèrent.

– J'avoue que je m'interroge, dit papa. Tu n'es pas obligée de répondre si tu n'en as pas envie, mais… qu'est-ce qui t'a poussée à revenir, après tout ce temps ?

Becky déglutit et le regarda.

– Je pense que vient un moment où il faut mettre de l'ordre dans sa vie, comme on range ses placards. Et j'ai estimé que ce moment était venu.

Papa hocha la tête ; cette réponse semblait lui plaire. À moi aussi. Et Becky me plaisait, elle aussi. Elle était comme dans mon souvenir, mais quelque chose en elle avait changé. Elle parlait davantage et les choses qu'elle disait paraissaient pleines de sagesse. Elle avait perdu une grande partie de sa timidité, remplacée par de l'assurance et de la grâce. Sans doute des qualités qu'elle avait acquises en ville, pensai-je. Je compris alors que le monde ne rendait pas nécessairement les gens plus mauvais ; parfois, il les rendait meilleurs.

Après le dîner, papa monta discuter avec Bodean. J'ignorais ce qu'il lui avait dit, toujours est-il qu'ils redescendirent peu de temps après, tous les deux. Papa souriait, mais Bodean semblait avoir pleuré.

Becky et moi étions occupées à essuyer la vaisselle ; on s'arrêta pour les regarder. Sans dire un mot, Bodean vint se planter devant sa mère, en regardant fixement ses tennis.

— Tu veux venir te promener avec moi ? proposa Becky.

— Non, répondit Bodean. Mais grand-père dit que je dois y aller.

Becky se pencha pour essayer de le regarder, mais il détourna la tête.

— Tu n'es pas obligé, si tu n'as pas envie.

Il haussa les épaules.

— J'ai rien de mieux à faire.

Par la fenêtre de la cuisine, je les regardai s'éloigner en direction de la grange. Ils se tenaient par la main. Le soleil avait commencé à décliner et le ciel virait au rose. Dans cette lumière douce, les feuilles de tabac paraissaient presque luxuriantes ; elles s'épanouissaient autour d'eux telles d'énormes fleurs dorées. On aurait dit un tableau que j'avais vu quelque part.

22

À son retour, Bodean ne dit pas un mot au sujet de sa promenade. Il monta directement dans sa chambre et y resta. Sur les coups de vingt-trois heures, il vint frapper à ma porte. J'essayais, une fois de plus, de commencer mon journal, mais cette tentative ne s'annonçait guère plus fructueuse que les précédentes. À vrai dire, je n'avais écrit qu'une seule phrase : *Becky est revenue aujourd'hui, comme je l'avais toujours su.* Je ne pouvais plus rien écrire ; je voulais juste contempler ces mots sur la page blanche. Quand j'entendis frapper, je m'empressai de cacher le carnet sous mon oreiller. Je ne voulais pas que Bodean connaisse son existence.

Il entra, vêtu de son pyjama, en se grattant la tête. Il avait le regard vitreux.

— Je peux dormir dans ta chambre ? demanda-t-il.

— Pourquoi ?

— J'arrête pas de faire des cauchemars.

— Bon, d'accord.

Il se glissa dans le deuxième lit et resta allongé sur le dos, les yeux au plafond.

— C'était quoi, ces cauchemars ? demandai-je.

— Il y avait l'oiseau que j'ai tué. Il revenait pour se venger. Et il était de plus en plus gros.

Il se tourna vers moi.

— Dis, Dutch, tu crois qu'on peut ressusciter ?

– Non. Pas les oiseaux, en tout cas.

Cette réponse sembla le rassurer. Je cherchais un moyen de l'interroger au sujet de Becky lorsque des éclats de voix montèrent dans l'escalier. Je crus reconnaître Flood. Bodean me regarda avec des yeux comme des soucoupes.

Je me levai et marchai vers la porte.

– Je peux venir avec toi, Dutch ?

– Non. Il ne vaut mieux pas.

Il me suivit quand même. Jusqu'en bas. On s'arrêta au pied de l'escalier pour jeter un coup d'œil dans la cuisine. Flood et Becky étaient là. Becky s'était assise devant la table, pendant que Flood faisait les cent pas. Il avait le teint écarlate et semblait très énervé. Je n'arrivais pas à savoir s'il était ivre ou pas.

– Remonte te coucher, glissai-je à Bodean.

– Pourquoi ?

– C'est une affaire personnelle.

– Si tu restes, moi aussi.

Difficile de discuter. En un sens, il avait plus le droit que moi d'écouter ce qui se disait, mais je ne voulais pas qu'il imite ma sale manie d'espionner les gens. J'avais le sentiment que Bodean était encore trop jeune pour connaître les secrets que l'on apprend en écoutant aux portes.

– Allez, file ! chuchotai-je. Je ne plaisante pas.

Il me jeta un regard noir, puis me tourna le dos et remonta. Je m'assis sur la première marche et attendis.

Flood disait :

– Je ne sais pas pour qui tu te prends. Tu débarques ici à l'improviste, au bout de six ans, en croyant que tu vas être sa mère. Eh bien, non ! Tu n'es plus sa mère. Tu y as renoncé, tu te souviens ?

— On ne peut pas renoncer à quelque chose comme ça, répondit Becky, calmement.

— Tu ne me prendras pas mon fils, un point c'est tout.

— Je ne veux pas le reprendre pour toujours, Flood. J'aimerais juste passer un peu de temps avec lui.

— Si tu étais restée ici, tu aurais passé tout le temps que tu voulais avec lui.

— Je ne pouvais pas rester. Tu le sais !

— Et pourquoi ça ? lança-t-il furieusement en se retournant vers elle. Ah oui, c'est vrai, tu ne voulais plus vivre avec moi. Mais quel genre de mère part en abandonnant son enfant ?

— Le genre de mère qui est trop jeune pour avoir un enfant. Trop déboussolée pour savoir ce qu'elle fait. Je n'étais encore qu'une gamine quand il est né, Flood ! J'avais dix-neuf ans ! Crois-tu que je savais ce que ça voulait dire d'être mère ?

— Non, justement. Tu ne le savais pas et tu ne le sais toujours pas.

— Tu n'as jamais compris, dit-elle en secouant la tête. Tu ne voyais pas ce qui se passait autour de toi. Tu croyais qu'on peut épouser quelqu'un et le laisser ensuite dans un coin comme un meuble. Tu ne m'as jamais écoutée… tu n'as pas vu ce qui m'arrivait.

— J'en ai suffisamment vu ! Je t'ai vue traîner avec tous les types du coin. Et je t'ai bien écoutée, crois-moi, quand tu m'as dit que tu me quittais pour Calvin Reynolds.

Becky blêmit. Elle regarda ses mains.

– C'était une histoire sans importance. Finie avant même d'avoir commencé.

– Tu es quand même partie avec lui. Tu devais donc penser que ça en valait la peine.

– Oui, sans doute, à l'époque.

Il y eut un long silence après cela. Je commençais à croire qu'ils allaient en rester là.

Finalement, Becky dit :

– C'est toi qui voulais avoir un enfant, Flood. Et moi, je pensais : « Pourquoi pas ? Peut-être que c'est une bonne idée. » J'étais prête à tout pour que tu t'intéresses à moi de nouveau. Peut-être que ça nous donnerait un sujet de conversation, me disais-je. Peut-être qu'on aurait quelque chose à partager. Hélas, ça n'a pas marché. Au contraire, ça t'a rendu encore plus distant. Comme si tu m'en voulais de t'avoir attaché un boulet au pied. Tu me l'as même dit, un jour. Tu t'en souviens ?

Flood lui tourna le dos ; il s'appuya contre le mur, les bras croisés.

– Peux-tu comprendre à quel point j'étais paumée ? demanda-t-elle d'une voix proche du murmure.

– Et moi, alors ?

– On ne parle pas de toi ! cria-t-elle en tapant sur la table du plat de la main. Nom de Dieu, Flood, pour une fois, je vais t'obliger à penser à moi.

Il ne répondit pas. Becky porta sa main à ses lèvres, avant de la frotter sur son jean.

– Je me sentais épuisée, en permanence. Le matin, je n'arrivais pas à me lever. Je n'avais pas la force de m'habiller, de faire la cuisine ni même d'aller me promener. Dès dix-huit heures, je n'avais qu'une seule envie : me coucher et dormir. Un jour, je me suis regardée dans la glace et j'ai pensé : « Mon Dieu, je suis une vieille femme ! » J'avais à peine vingt ans et j'étais déjà vieille. J'avais un mari qui ne savait pas me parler. Et un bébé dont je ne savais pas m'occuper. Quand je regardais mon avenir, je ne voyais que des années et des années de fatigue et de vieillesse. Oh, Flood, je voulais juste vivre.

Flood ne disait toujours rien. Becky repoussa sa chaise comme pour se lever, mais elle resta assise.

— Et puis Calvin est arrivé, dit-elle. Il m'a parlé comme tu le faisais dans le temps. Il m'a dit des choses que je pensais ne plus jamais entendre. J'avais tellement envie de le croire. Je voulais croire que quelqu'un pouvait être amoureux de moi.

— Je t'ai épousée, non ? Ça ne te suffisait pas ?

— Non. C'est ça, le problème avec toi. Tu penses toujours que vient un moment où tu n'as plus besoin de faire d'effort, tu penses que tout s'arrangera tout seul. Mais il faut se battre, Flood ! Tu ne sais pas ça ?

Il se retourna pour la regarder.

— Maintenant, je le sais.

Becky baissa les yeux ; elle semblait gênée par ces paroles.

— De toute façon, reprit-elle, c'est du passé tout ça. J'ai commis une erreur, j'en suis consciente. Mais ça ne veut pas dire qu'il est trop tard pour la corriger.

— Peut-être que si.

Elle secoua la tête.

— Je crois que je mérite une autre chance.

Voyant que Flood ne réagissait pas, elle ajouta :

– Essaie au moins de penser à l'intérêt de Bodean.

– Je n'ai toujours pensé qu'à ça. Je n'ai pensé qu'à ça durant ces neuf dernières années.

– C'est pour cette raison que tu lui as caché mes lettres ?

Je me levai si brusquement que je craignis d'avoir trahi ma présence. Mon cœur battait à tout rompre et je m'étonnais qu'ils ne l'entendent pas.

Flood fixa son regard sur Becky ; on aurait dit qu'il allait s'évanouir.

– Qui t'a dit ça ? demanda-t-il.

– Pas besoin qu'on me le dise. Je sais que Bodean n'a jamais reçu mes cartes. Longtemps, j'ai cru que tu lui interdisais simplement de m'écrire. C'était déjà affreux. Mais un jour, j'ai compris… Un garçon pose forcément des questions sur sa mère. Et j'ai revu ton regard, le soir où je suis partie. Tu n'es pas du genre à pardonner. Par contre, tu es le genre d'homme qui peut tout justifier.

Flood regarda ses chaussures.

Becky se leva et marcha lentement vers lui.

– Comment as-tu pu faire ça ? Comment as-tu pu être aussi cruel ? Je ne t'en veux pas de m'avoir punie. Mais tu as puni ton fils…

– Te maintenir en dehors de sa vie, ça ne me paraissait pas être une punition.

En voyant Becky lever la main, j'étais certaine qu'elle allait frapper Flood. Au lieu de cela, elle la posa délicatement sur son épaule.

– Laisse-moi profiter un peu de lui. S'il te plaît. Je pense que ça lui fera du bien, à lui aussi.

— Il aurait mieux valu pour lui que tu sois morte.

Becky hocha la tête en se mordant la lèvre.

— Oui, peut-être. Mais je ne suis pas morte. On n'y peut rien, à moins que tu veuilles m'étrangler maintenant, pour en finir.

Flood ricana et la regarda.

— À une époque, ça me semblait être une très bonne idée.

Becky laissa échapper un petit rire, elle aussi, un rire nerveux.

— Bon sang, ce que j'ai pu t'aimer, avoua-t-elle brusquement, et Flood redevint grave. Je pensais que si je pouvais me réveiller près de toi chaque matin, je ne demanderais rien de plus à la vie. C'est peut-être là qu'est mon tort. J'attendais trop de toi. Je voulais tout.

Le désespoir tordait le visage de Flood.

Il détourna le regard. Sa gorge se crispa lorsqu'il déglutit. C'est alors que je vis... ou crus voir... une chose qui restera gravée dans ma mémoire pour toujours. Sa joue brillait dans la lumière. Becky la caressa du bout des doigts.

— Je ne pouvais pas t'aimer comme tu le voulais, dit Flood. J'avais l'impression que j'allais disparaître.

— Je sais, répondit Becky.

On aurait dit un langage secret.

Flood hocha la tête et s'éloigna. Il prit une chaise de cuisine, en la serrant si fort que je crus qu'il allait la briser entre ses doigts.

— Et puis, merde, dit-il. Si Bodean veut aller avec toi, je n'essaierai pas de l'en empêcher.

— Merci, dit Becky en fermant les yeux.

Ses paupières papillotèrent et elle sourit.

– J'ai toujours détesté ce prénom : Bodean.

Flood sourit à son tour.

– Pourquoi crois-tu que je l'ai choisi ?

Sur ce, il se retourna et sortit par la porte de derrière. Becky demeura immobile au centre de la pièce, comme si elle attendait qu'il revienne. Puis elle quitta la cuisine à son tour et je ne vis plus que le reflet du plafonnier sur le linoléum.

En me retournant, je découvris Bodean assis en haut de l'escalier. Il avait tout entendu.

23

Quinze jours plus tard, Becky revint chercher Bodean pour l'emmener à Norfolk, où il passerait le restant de l'été. Il n'aimait pas cette idée et il ne cessait de jurer qu'il n'irait pas. Chaque fois que tante Macy faisait sa valise, il la défaisait aussitôt. Quand papa le prit entre quatre yeux pour lui expliquer comment il devait se comporter quand il n'était pas chez lui, Bodean lui dit :

— Ne gaspille pas ta salive, grand-père. Je n'irai nulle part.

Alors, on décida de tous l'ignorer, en continuant à faire des projets.

Flood demeura en dehors de cette histoire. Depuis la visite de Becky, il était calme et sérieux. La journée, il travaillait, et le soir, il ne sortait plus. Il restait dans le salon, à feuilleter le journal ou à contempler les murs, jusqu'à l'heure du coucher.

Je ne savais pas à quoi m'attendre le jour où Becky arriverait. Je me disais qu'on serait sans doute obligés de traîner Bodean hors de sa chambre, de force, hurlant et gesticulant. Mais quand je descendis dans la cuisine, ce matin-là, il était déjà assis à table, avec sa valise à ses pieds, et il regardait la pendule au mur.

— Eh bien, on dirait que tu as choisi de partir, finalement, commentai-je, en essayant de dédramatiser la situation.

– J'ai rien de mieux à faire.

Becky arriva pile à l'heure. Elle entra pour boire un café et tenta d'engager la conversation avec son fils.

– J'espère que tu ne seras pas malade en voiture, dit-elle.

– Je suis déjà monté dans une voiture, je te signale, dit-il en levant les yeux au plafond.

– Oui, je sais. Mais c'est un très long trajet.

– Avec ma classe, on est allés en excursion à Appomattox, l'an dernier. C'est super loin.

– Ça t'a plu ?

– Y avait rien de spécial à voir. C'est juste un vieux tribunal pourri. On a la même chose ici.

Tout le monde éclata de rire. Bodean réprima un sourire.

Flood revint des champs à cet instant. Il salua Becky d'un signe de tête et se servit une tasse de café. Elle le regarda traverser la cuisine, mais quand il se retourna vers elle, elle s'empressa de détourner la tête. On aurait dit qu'ils avaient envie de se parler, sans savoir comment faire. Moi, j'attendais qu'ils se regardent enfin, qu'ils comprennent qu'ils s'aimaient encore et qu'ils ne supportaient pas d'être séparés. Mais ça n'arriva pas.

– Il refuse de manger ses légumes si tu n'insistes pas, dit tante Macy à Becky. Et lui faire prendre un bain, c'est comme lui arracher une dent.

– Arrête ton char, grommela Bodean.

– Il dort avec une veilleuse, ajoutai-je.

– C'est pas vrai !

– Avant, en tout cas.

– Dans mon immeuble, il y a des garçons à peu près de ton âge, lui dit Becky. Je les vois sans cesse jouer au softball dans la cour. Tu y joues, toi aussi ?

Il haussa les épaules.

– Quand j'ai le temps.

– Tu auras largement le temps, dit papa. Tu pars en vacances.

– Quand est-ce qu'on y va, alors ? demanda Bodean, qui ne tenait plus en place.

– Maintenant, si tu veux, répondit sa mère.

Il se leva, en essayant de soulever sa valise qui était deux fois plus grosse que lui. Flood s'avança pour lui venir en aide.

– On dirait que tu as emporté tout ce que tu possèdes, commenta-t-il. Tu as l'intention de rester là-bas ?

– Non, répondit prestement Bodean.

Flood sourit.

On alla tous jusqu'à la voiture de Becky. Elle ouvrit le coffre et Flood y déposa la valise de Bodean ; elle l'aida à la coucher pour pouvoir refermer le coffre. Je les regardai faire ; on aurait dit un couple marié : ils s'affairaient sans un mot, avec le même objectif.

Tour à tour, on étreignit Bodean. Quand il arriva devant moi, il se contenta de m'enlacer très brièvement, comme s'il craignait d'attraper une maladie. Je ne me formalisai pas.

– Bon, eh bien, voilà, dit-il à la manière d'un adulte.

Je faillis éclater de rire. Il paraissait si petit, si vulnérable, avec ses cheveux en bataille et ses genoux

193

éraflés, vestige d'une récente escapade. Il monta en voiture avec Becky. Celle-ci abaissa sa vitre et lança :

– Je prendrai soin de lui !

– J'en suis sûr, dit papa. C'est pour toi qu'on s'inquiète.

On rit tous de bon cœur. Finalement, la voiture démarra et s'éloigna. De Bodean, je n'apercevais plus que les épis qui dépassaient du siège comme un geyser.

Un étrange silence s'abattit alors sur nous. Personne n'osait bouger ; c'était un peu comme si on avait peur de retrouver un monde sans Bodean.

– Bon, j'ai des conserves à faire, déclara tante Macy.

Et elle se dirigea vers la maison.

Flood ôta son chapeau et se gratta la tête. Il décrivit un petit tour sur lui-même et shoota dans une touffe d'herbe. Papa posa sa main sur son bras.

– On ferait bien de retourner travailler, tu ne crois pas ?

Flood acquiesça. Il n'y avait pas grand-chose à faire, mais je savais que papa trouverait de quoi les occuper. Ensemble, ils marchèrent vers les champs ; leurs jambes se déplaçaient au même rythme. De loin, ils étaient si semblables qu'on aurait dit une image qui se reflétait dans un miroir.

Plus tard cet après-midi-là, tante Macy et moi, on alla en ville et on s'offrit une glace au drugstore. Gladys était derrière le comptoir et elle bavarda avec nous pendant qu'on se régalait. Elle avait déjà appris que Bodean était parti à Norfolk avec Becky.

– À mon avis, il sera intenable quand il reviendra, dit-elle.

– Il l'est déjà, répondis-je.

– Vous verrez ce que je vous dis ! Ce sera pire. Ma petite-fille, la fille de Cora, elle est partie dans un camp de majorettes, et quand elle est revenue, elle se maquillait et elle fumait ! J'ai dit à Cora qu'elle cherchait les ennuis en laissant cette enfant partir si jeune.

– On ne peut pas les isoler du monde, dit tante Macy avec sagesse. Ils le découvriront tôt ou tard.

– Plus c'est tard, mieux ça vaut, rétorqua Gladys.

Quand elle se fut éloignée, tante Macy secoua la tête et dit :

– Je ne comprends pas pourquoi les gens veulent toujours se mêler de la vie des autres. Sans doute que la leur les ennuie.

Je me disais que je n'avais pas le droit d'approuver, moi qui étais une horrible fouineuse.

– En tout cas, reprit-elle, ton frère va en baver maintenant que Bodean est parti. Peut-être que ça le fera mûrir un peu. Je paierais cher pour qu'il s'assagisse enfin.

– Oh, ça viendra, répondis-je en pensant à Becky. Ce n'est qu'une question de temps.

– Oui, possible. Il en a tellement voulu à Becky pendant toutes ces années. Il ne lui a jamais pardonné de l'avoir abandonné. Maintenant, peut-être qu'il va pouvoir tirer un trait. Ce genre de ressentiment, ça peut te gâcher la vie.

Je songeai à son ressentiment envers l'oncle Eugene en me demandant s'il avait gâché sa vie. Mais je me

gardai bien de lui poser la question. À la place, je
dis :

– Je crois que Flood n'a jamais cessé d'aimer
Becky.

Tante Macy soupira :

– Quand ils se sont mariés, je n'avais jamais vu
deux personnes aussi amoureuses l'une de l'autre.
Toujours à se bécoter et à roucouler en se regardant
dans le blanc des yeux. Mais la vérité, c'est qu'ils ne
savaient pas être amis. Quand ils se retrouvaient
seuls dans une pièce, ils ne savaient pas quoi se dire.
Je reconnais que c'était surtout Flood le fautif ; il n'a
jamais appris à être proche des gens. Enfant déjà,
il était comme ça. Mais c'est une chose qu'il va devoir
apprendre, s'il veut continuer à vivre.

– Il n'est pas trop tard.

– Non. Il n'est jamais trop tard.

Après cet échange, on ne parla plus de Flood et
de Becky. Tante Macy me raconta son premier
rendez-vous avec son premier mari, Henry. Il l'avait
emmenée voir un film d'horreur au cinéma, et au
beau milieu de la projection, il s'était levé pour aller
aux toilettes et s'était évanoui.

– Il a fallu appeler une ambulance et tout le tin-
touin. J'ai eu une peur bleue, je croyais qu'il était mort !
Il s'est ouvert le crâne en heurtant le sol ; il y avait du
sang partout. Voilà comment j'ai passé ma première
soirée avec Henry : à l'hôpital, dans une salle d'attente,
pendant qu'on lui recousait le cuir chevelu !

Elle gloussa, en léchant la glace sur sa cuillère :

– C'est comme ça que je suis tombée amoureuse
de lui. En voyant ce grand gaillard tomber dans les

pommes devant un film d'horreur. Je n'ai jamais pu résister à un homme sensible.

Je pensais à Ethan et me demandais si lui aussi était un homme sensible. Je me demandais également s'il y avait eu un moment comme ça où j'avais compris que j'étais amoureuse de lui. Ou peut-être que ce moment n'était pas encore arrivé.

— Je crois qu'on le sait, dis-je en réfléchissant à voix haute. Quand ça arrive, je veux dire.

— Parfois, oui. Mais parfois, il faut un certain temps pour comprendre.

Elle me regarda.

— Tu penses à quelqu'un en particulier ?

— Ça se pourrait.

Pas de précipitation. Viendra un jour où tu ne penseras plus qu'à l'amour. Profite du temps présent pour penser à d'autres choses.

— Lesquelles ? demandai-je car je ne voyais pas ce qui pouvait être aussi intéressant que l'amour.

Tante Macy n'avait pas la réponse. Elle se contenta de sourire et sortit son argent pour payer les glaces.

Ce soir-là, le calme régna durant le dîner. Ça me manquait de ne pas entendre Bodean geindre, se plaindre de la nourriture ou se vanter de ses derniers exploits. Une fois le repas terminé, chacun partit dans son coin. Papa lut le journal, pendant que tante Macy et moi, on débarrassait la table. Flood annonça qu'il sortait. Tante Macy poussa un profond soupir après son départ ; sans doute redoutait-elle son retour ; elle craignait d'être encore obligée de le mettre au lit sans que papa découvre qu'il était ivre.

Celui-ci alla se coucher de bonne heure, pendant que tante Macy et moi regardions un film à la télé. On ne pensait pas voir revenir Flood avant minuit passé, mais sur les coups de vingt-deux heures, on entendit des voix sur la véranda. Tante Macy se raidit et me regarda. Je haussai les épaules. Quelques minutes plus tard, Flood apparut dans le salon.

— Vous dormez pas ? lança-t-il.

— On regarde la télé, répondit tante Macy.

— On peut se joindre à vous ?

La stupéfaction l'empêcha de répondre, mais Flood prit son silence pour un oui. Il fit signe à quelqu'un qui se trouvait derrière lui, et une femme entra dans la pièce. C'était Lucy Cabot, la fille de l'église. Dans la lumière tamisée, elle ressemblait à Becky ; elle avait les mêmes yeux très foncés, les mêmes cheveux bruns, mais ceux de Lucy étaient plus longs, et je voyais bien que les boucles n'étaient pas naturelles. Elle était petite, comme Becky, et elle avait le même sourire, sans ce petit espace entre les dents de devant. Certaines personnes auraient pu la trouver plus jolie que Becky, mais elles auraient eu tort.

— Je pense que vous connaissez Lucy, dit Flood.

— Évidemment, répondit tante Macy.

Je me contentai d'un grognement.

— Assieds-toi, Lucy, dit-il.

— J'espère qu'on ne vous dérange pas, dit celle-ci en s'asseyant en douceur à côté de moi sur le canapé.

J'avais envie de m'écarter, mais je me retins.

— Oh, non, c'est un vieux film sans intérêt, dit tante Macy.

Je n'en revenais pas de la voir aussi aimable.

– Tu veux boire quelque chose ? demanda Flood.

– J'aimerais bien un thé glacé.

Flood s'absenta et revint avec deux verres de thé. Je le regardais sans rien dire ; j'attendais une explication. Mais il se contentait de me sourire, comme s'il n'avait rien à dire pour se justifier.

Le silence flottait dans la pièce, à l'exception de la télévision, d'où ne sortait plus qu'un fatras de sons inaudibles. Personne ne prêtait attention au film, même si nous avions tous les yeux fixés sur l'écran.

– On est allés au bowling, déclara soudain Flood. Lucy m'a mis une déculottée.

– Tu l'as fait exprès, Flood.

Mon sang se glaça ; je ne supportais pas de l'entendre prononcer son prénom.

– Je manque d'entraînement, c'est tout.

J'observai Lucy d'un œil critique. Elle me paraissait un peu trop bien habillée pour aller au bowling. Personne ne jouait au bowling avec un beau pantalon noir et un pull angora rose, sans parler du collier de fines perles. Elle était trop maigre, de toute façon, et les gens trop maigres ne doivent pas porter du noir. Tout le monde sait cela.

J'inspirai à fond pour essayer de me calmer, pour ne pas me jeter sur Flood et lui demander quelle mouche l'avait piqué. Que faisait-il avec cette femme, alors que son épouse était assise tout près de là, dans la cuisine, ce matin !

– Très bon, ce thé glacé, commenta Lucy.

– C'est Dutch qui l'a préparé. Ici, c'est elle qui gère la cuisine.

Lucy me sourit. C'était un sourire agréable. Elle avait des dents parfaites et ses yeux formaient de jolis plis. Mais peu importe, je ne pouvais pas me résoudre à lui rendre son sourire.

— Quelqu'un a envie de jouer aux cartes ? demanda Flood. Une partie de rami ?

— Oh, ça fait des années que je n'ai pas joué au rami ! s'exclama tante Macy.

C'en était trop. Je me levai brutalement, en bousculant un peu Lucy.

— Où tu vas, Dutch ? demanda Flood.

— Me coucher. Je suis fatiguée.

— Tu ne veux pas jouer ?

— Non merci.

— Bonne nuit ! me lança Lucy, mais je ne me retournai pas.

En montant l'escalier, j'entendis mon frère parler d'une voix forte et gaie, que je n'avais pas entendue depuis longtemps.

— Si tu veux voir un bon joueur de cartes, tu devrais jouer avec mon fiston, disait-il. C'est un spécialiste, pas vrai, Macy ?

— Où est Bodean ? demanda Lucy.

— À Norfolk, répondit Flood avec un parfait détachement. Il est parti voir sa mère.

24

Nous étions amenés à revoir Lucy. Dès le lendemain soir, elle vint dîner à la maison, et à ma grande stupéfaction, nul ne sembla s'en offusquer. Au contraire, papa et tante Macy étaient aux anges.

Au début, elle se montra timide et ne dit presque rien, mais au moment du dessert, détendue, elle nous raconta toute sa vie. Elle parlait tellement qu'elle ne touchait quasiment pas à son assiette. Pas étonnant qu'elle soit si maigre, pensai-je.

Professeur de piano, elle donnait des cours à l'école primaire et également des cours particuliers chez elle. Flood plaisanta en promettant de lui envoyer Bodean et tout le monde s'esclaffa.

— J'aimerais beaucoup voir ce chenapan assis devant un piano, dit son père en pouffant. Il est tellement maladroit !

— N'importe qui peut apprendre, affirma Lucy. Si ça se trouve, peut-être que ça lui plairait. La musique est un langage universel.

— Pfff ! fis-je, sans le vouloir.

— Et toi, Dutch ? eut-elle le culot de me demander. Tu ne voudrais pas apprendre le piano ?

— J'aimerais mieux me faire arracher les ongles.

— Écoute-toi ! me lança tante Macy. Tu commences à parler comme Bodean.

Je m'en fichais. Je voulais faire enrager Lucy. Je

voulais qu'elle me haïsse au point de ne plus mettre les pieds chez nous.

Mais ça ne marcha pas. Le lendemain, elle revint à la maison avec Flood, après la messe dominicale. Au cours du repas, je n'osai pas la regarder, malgré les efforts qu'elle faisait pour me parler. Elle annonça qu'elle formait une chorale d'enfants à l'église et me demanda si ça m'intéressait.

– Je ne chante pas très bien, dis-je.

– Ce n'est pas grave. Tu apprendras.

– Pourquoi pas, Dutch ? dit papa. Tu as du temps maintenant que Bodean est parti.

– J'ai un tas de choses à faire.

On en resta là, mais je sentais que papa m'observait ; il se demandait ce qui n'allait pas.

Après le déjeuner, Lucy m'aida à faire la vaisselle ; je lui avais pourtant dit que ce n'était pas nécessaire. Elle continuait à essayer de me parler et j'avais de plus en plus de mal à l'ignorer. Elle était d'un tempérament joyeux. Apparemment, quoi que vous disiez, rien ne pouvait la mettre en colère.

Finalement, elle avoua :

– Dutch, j'ai l'impression que tu ne m'aimes pas.

Je la regardai. Ses cheveux brillaient dans l'éclat du soleil. Une légère touche de maquillage agrandissait ses yeux et rosissait ses joues. Elle était jolie, il fallait bien le reconnaître. Mais ce n'était pas Becky.

Soudain, une pensée me traversa l'esprit ; une chose que j'aurais dû remarquer bien plus tôt. Ce n'était pas un hasard si Flood s'était mis en quête d'une autre femme juste après que Becky avait réapparu dans sa vie. Je repensai au conseil que m'avait donné Norma de flirter avec Kenny pour rendre Ethan jaloux. C'était une vieille ruse que tout le monde employait, m'avait-elle dit, et maintenant, Flood s'en servait lui aussi. Il essayait de rendre Becky jalouse, voilà tout ! Dès que j'eus compris cela, tout rentra dans l'ordre et je me sentis beaucoup mieux. J'allai même jusqu'à sourire.

– Je n'ai rien contre toi, dis-je.

Elle me rendit mon sourire.

– Tant mieux. Car j'espérais qu'on pourrait devenir amies.

– D'accord.

Je savais qu'elle ne resterait pas assez longtemps pour tenir sa promesse.

La seule chose qui me tracassait, c'était le comportement de Flood, même après le départ de Lucy. Il continuait à sourire et à siffloter comme si tout allait bien. Il ne se plaignait pas de la sécheresse, il ne se chamaillait pas avec papa. Il n'essayait même pas d'asticoter tante Macy. Cette humeur joyeuse ne collait pas avec le plan. Quand Lucy n'était pas là, il aurait dû redevenir ronchon. Ça m'agaçait ; je voulais lui dire d'arrêter son numéro.

Papa sentait bien que quelque chose me tracassait. Ce soir-là, subitement, il me proposa de faire une partie de dames chinoises. On n'y avait pas joué depuis que j'étais petite. Dans le temps, c'était mon jeu préféré. J'acceptai sa proposition, principalement parce que j'en avais assez de broyer du noir seule dans mon coin. Mais je n'étais pas d'humeur à jouer et cela se ressentait. Habituellement, je le battais, mais là, très vite je me laissai distancer.

Papa examinait le plateau en tirant sur sa pipe. Il fumait rarement la pipe, essentiellement quand il faisait un jeu comme celui-ci. J'aimais le regarder mordiller le tuyau et laisser échapper parfois un petit nuage bleuté. Ça lui donnait un air intelligent ; on aurait dit un professeur d'université, et j'aimais l'odeur du tabac.

– Qu'est-ce qui ne va pas, Dutch ? demanda-t-il au bout d'un moment. J'ai l'impression que tu me laisses gagner.

– Je ne sais pas. Je n'arrive pas à me concentrer.

– Quelque chose te tracasse ?

– Peut-être.

Il hocha la tête, en continuant à tirer sur sa pipe.

– Ça a un lien avec la nouvelle petite amie de Flood ?

Je plissai le front.

– Ne dis pas ça. C'est pas sa petite amie !

Il ricana.

– Pourtant, c'est l'impression que ça donne.

– Il se sert d'elle, c'est tout, répliquai-je pour tester ma théorie. Il veut rendre Becky jalouse.

– Ah bon ?

– Parfaitement. Et je trouve ça complètement idiot.

Je m'interrompis, avant d'ajouter :

– Je pense que quelqu'un devrait prévenir cette pauvre Lucy. J'ai de la peine pour elle, si tu veux savoir.

– Pourquoi donc ?

– Parce que Flood ne s'intéresse pas du tout à elle. Je te l'ai dit, c'est une ruse.

— Eh bien, ça ne regarde que Flood, tu ne crois pas ?

— Non. Ça regarde tout le monde. Peut-être que cette ruse va marcher, mais si jamais ça ne marche pas ? Il faut qu'il fasse vite s'il veut sauver son mariage.

Papa posa sa pipe et se pencha au-dessus de la table.

— Ma chérie, Flood n'est plus marié.

— Mais Becky est la maman de Bodean !

— C'est exact. Et elle le sera toujours. Mais ça ne veut pas dire qu'elle est encore l'épouse de Flood.

— Tu ne comprends pas, soupirai-je en repoussant le damier.

J'avais définitivement cessé de m'intéresser à la partie.

— Je crois que si, répondit-il. Tu voudrais que Flood et Becky se remettent ensemble. Je comprends. On aimerait tous voir ça. Mais je pense que ce n'est pas bien de se mêler ainsi de la vie de Flood.

— Ça nous concerne, nous aussi. C'est notre famille.

Papa m'observa pendant une bonne minute, en se massant le menton. Je ne voyais pas pourquoi il souriait.

— Tu n'as pas envie que Flood soit heureux ? demanda-t-il.

— Si, mais… C'est toi qui dis toujours que les familles doivent rester unies.

— Oui, je sais. Et je le pense. Mais parfois, on a beau vouloir une chose, ou y croire très fort, ça n'arrive pas forcément.

— Cette fois, ça arrivera. J'en suis sûre.

Il m'observa de nouveau, en promenant le tuyau de sa pipe sur ses lèvres. Je voyais bien qu'il y avait quelque chose qui le gênait dans ma réaction. Mais je ne savais pas quoi, et je crois que lui non plus.

La porte de derrière claqua et Flood entra dans la cuisine. À mon grand soulagement, il était seul. Mieux encore : il ne souriait pas et il ne sifflotait pas. Au contraire, il avait l'air grave. Je lui jetai un regard plein d'espoir, mais ses yeux ne croisèrent pas les miens. Il regardait papa.

— Bonsoir, dit papa. Ta sœur m'offre la victoire sur un plateau d'argent.

Flood se contenta de hocher la tête, comme si c'était le dernier de ses soucis.

— Je peux te parler une minute ? demanda-t-il.

— Bien sûr. Assieds-toi.

Je me levai, en songeant que c'était une conversation entre grandes personnes, mais Flood posa sa main sur mon épaule.

— Tu peux rester si tu veux.

Abasourdie, je ne savais pas quoi faire. C'était étrange d'entendre Flood me parler sur ce ton, de manière adulte, comme si j'étais son égale. Je me rassis lentement, en le regardant.

Flood, lui, demeura debout, les yeux fixés sur la table. On aurait dit qu'il avait un peu peur.

— J'ai beaucoup réfléchi à l'avenir de l'exploitation, dit-il.

Papa hocha la tête.

— Comme nous tous, je crois.

— Oui, bien sûr. Et j'ai décidé de faire quelque chose.

Papa tapotait le tuyau de sa pipe contre ses dents. Ça faisait un petit bruit sec. Finalement, Flood prit une chaise et s'assit.

— Je t'ai caché quelque chose.

Il avala sa salive et regarda papa.

— J'ai mis de l'argent de côté. Petit à petit. J'ai vendu ma vieille collection de timbres, il y a quelque temps déjà. J'ai gagné un peu d'argent au billard.

Il laissa échapper un petit rire nerveux :

— Et chaque fois que tu me donnais ma paie, j'en mettais une partie sur un compte épargne. Au fil des années, ces petites sommes se sont accumulées.

— Sage décision, dit papa.

— Bref…

Flood s'arrêta pour se gratter la tête.

— Je voulais utiliser cet argent pour fiche le camp. Je voulais partir vers l'ouest… avec Bodean… et créer ce ranch dont je parle tout le temps. Pendant des années, je n'ai pensé qu'à ça. Je ne voulais même pas te le dire. Je serais parti du jour au lendemain.

J'observai la réaction de papa. Il paraissait très calme ; à croire qu'il n'était pas surpris par ce qu'il entendait.

Flood reprit :

— Tout ça pour dire que ça ne se fera jamais. Je suis coincé ici, un point c'est tout.

— Tu es libre de partir quand bon te semble. Tu as toujours été libre.

— Oh, oui, je sais. Ce n'est pas ce que je voulais dire. Ce que je voulais dire… Oh, zut, je n'ai jamais été doué avec les mots.

Il rit timidement. Papa sourit.

– En fait, ajouta Flood après avoir inspiré à fond, je me suis toujours imaginé que je valais mieux que cette vie. Que je méritais mieux. Mais depuis quelque temps, je regarde autour de moi et je me dis que c'est pas si mal, finalement. Il y a des choses qu'on ne peut pas abandonner, même si on croit en avoir envie. Mon fils est né ici. Il ne connaît rien d'autre. Ce ne serait pas juste de l'arracher à son univers.

Papa acquiesça en tirant sur sa pipe.

– De plus, ajouta Flood, je crois que je devrais le laisser près de sa maman. Ils ont du retard à rattraper.

– Il faut aussi que tu penses à toi, dit papa.

– Je sais. Crois-moi, je pense beaucoup à moi. Trop, même.

En disant cela, il regarda ses doigts. Il les avait récurés, ses ongles étaient courts, très blancs.

– La vérité, c'est que récemment, j'ai trouvé des raisons de rester ici, moi aussi.

– Je m'en doutais, dit papa.

Flood essayait de réprimer un sourire, mais celui-ci ne cessait de revenir à la charge. Finalement, il glissa la main dans sa poche et tendit une grosse enveloppe blanche à papa.

– Il y a quinze mille dollars à l'intérieur. C'est tout ce que je possède.

– C'est une sacrée somme, dit papa en soupesant l'enveloppe.

– Ce n'est pas assez pour rembourser nos dettes, je le sais bien. Mais je me dis que ça peut nous offrir un sursis. En tout cas, ça permettra de payer le tracteur, déjà.

— En effet.

— Ensuite, on verra bien ce qui se passe. Comme tu le disais, ce ne sera pas la première fois qu'on se sort du pétrin.

— Exact. Et on a connu des situations pires que ça.

— À peine.

Papa sourit.

— Oui, à peine.

Ils rirent en chœur. Je ne voyais pas ce qu'il y avait de drôle.

Quand leurs rires s'éteignirent, Flood secoua la tête et poussa un soupir.

— Je n'ai jamais voulu affronter directement un problème. Je n'ai jamais cherché une solution. Je me disais toujours que si j'ignorais un obstacle, il finirait par disparaître tout seul. Et c'est la vérité. Becky est partie, et maintenant la ferme va…

— Ce n'est pas une fatalité, dit papa.

— C'est ce que j'ai compris. Becky dit qu'il faut lutter pour garder ce qu'on aime. Elle a raison. C'est une leçon difficile à apprendre à mon âge.

Sur ce, Flood repoussa sa chaise et se leva en glissant ses mains dans ses poches arrière de pantalon.

— Voilà, c'est tout ce que j'avais à dire.

Il commença à s'éloigner. Papa leva les yeux vers lui.

— C'est bien, ce que tu as fait, dit-il.

Flood haussa les épaules.

— Bah…

Il hésita une seconde, puis il marcha vers la porte de derrière. Mais en avant de sortir, il s'arrêta et se retourna vers papa.

– Je continue à penser que ce tracteur est un tas de ferraille.

J'avais retrouvé le Flood d'avant. Papa sourit.

– Tu as certainement raison, dit-il.

Flood sortit et la porte se referma derrière lui en grinçant. Papa contempla longuement l'endroit où son fils se trouvait quelques secondes plus tôt. Puis il se retourna vers moi, les lèvres tremblotantes.

– Je crois que c'est à toi de jouer, dit-il.

25

Le lendemain, dans l'après-midi, on reçut un appel de Bodean. Il n'était parti que depuis deux jours, mais déjà, il semblait avoir acquis l'expérience du monde. Il nous parla de l'embouteillage dans lequel ils avaient été pris avant d'arriver à Norfolk.

— On roulait pare-chocs contre pare-chocs, soupira-t-il d'un ton blasé, comme s'il avait été confronté à ce problème toute sa vie.

— Tu aimes Norfolk ? lui demandai-je.

— Ouais, c'est pas mal.

Je sentais qu'il se retenait ; on aurait dit qu'il n'osait pas donner libre cours à son excitation.

— Hier soir, on a commandé une pizza et ils nous l'ont apportée, dans un carton. J'en ai mangé la moitié tout seul. Si tu me crois pas, demande à maman.

— Tu ne t'ennuies pas de ta maison ?

— Arrête ton char.

— Allons, je ne te manque pas un petit peu ?

— Tu rêves ! Maman a un appartement pour elle toute seule ! Tu es déjà entrée dans un appartement ?

— Non.

— Elle a un micro-ondes et un lave-vaisselle.

— C'est chouette.

— Ouais. Moi aussi, je me prendrai un appartement dès que je pourrai.

Flood se planta à côté de moi et me montra le téléphone. Je rechignais à lui confier l'appareil ; je

211

craignais qu'il parle de sa nouvelle petite amie à Bodean. Mais il paraissait impatient et j'étais à court de sujet de conversation.

— Tu veux parler à ton papa ? demandai-je à Bodean.

— Oui, pourquoi pas.

Je tendis l'appareil à mon frère et me préparai au pire.

— Hé, fiston ! dit-il avec un grand sourire. Je parie qu'on n'est plus assez bien pour toi, maintenant.

Il écouta ce que lui disait son fils, en faisant parfois « Hmmm » ou en riant.

Après un silence, il dit :

— Passe-moi ta maman une seconde.

Je me tournai vers papa qui était assis à table, perplexe.

— Salut, Becky, dit Flood. Est-ce qu'il est sage ? Ne le laisse pas te faire tourner en bourrique. Il va essayer de te mener par le bout du nez... Oui, tout le monde va bien. C'est calme ici sans lui... OK. Renvoie-le-nous s'il est trop insupportable... Non, dis-lui juste qu'il me manque. Et aux autres aussi.

J'avalai la boule que j'avais dans la gorge. Flood dit au revoir et raccrocha. Il resta immobile un long moment, la main sur le téléphone. Puis il se tourna vers moi en soupirant.

— Qu'est-ce que tu regardes ? demanda-t-il.

— Rien, répondis-je, mais il faut croire que je portais mes sentiments sur mon visage.

En fait, c'était le ton qu'il avait employé qui m'énervait. Il s'adressait à Becky comme à une vieille connaissance. Certes, il y avait une touche d'affection dans sa voix, mais c'était le ton qu'il utilisait parfois avec moi. Ce n'était pas comme ça qu'un homme était censé parler à la femme qu'il aimait toujours.

Je sortis m'asseoir sur la véranda ; je me sentais oppressée et désorientée. Je n'arrivais pas à me faire à l'idée que tout était terminé ; qu'il puisse renoncer à Becky aussi facilement. Durant tout ce temps où j'avais cru qu'il attendait son retour, il ne faisait que ruminer sa rancune. Maintenant que cette rancune avait disparu, il ne restait plus rien. Uniquement le genre de lien distendu qui unissait deux personnes qui s'étaient aimées, mais ne s'aimaient plus.

Il me semblait impossible que l'amour puisse s'évaporer comme la rosée dans l'herbe en été. Si l'amour ne durait pas, qu'est-ce qui durait, alors ? Peut-être que Norma avait raison de ne croire en rien. Peut-être savait-elle que lorsque vous croyiez en une chose, vous étiez forcément déçu.

Au bout d'un moment, Flood apparut sur la véranda. Il s'arrêta près de moi et je sentis qu'il me toisait, mais je refusai de lever les yeux. Je l'entendis traîner une chaise et soudain, son visage se retrouva au niveau du mien. Il posa sa main sur mon genou.

– Tu es en colère après moi, dit-il.

– Non, mentis-je.

– Tu finiras par t'habituer à cette idée, je pense.

– Quelle idée ?

– Lucy et moi.

Je frissonnai.

– C'est ton problème, pas le mien.

Il rit.

213

— Tu as toujours adoré Becky. J'avais même l'impression que tu l'aimais plus que moi.

— Tu ne vas pas l'épouser, hein ? demandai-je en parlant de Becky, mais il se méprit.

— Peut-être. Mais je me dis que j'ai intérêt à y aller en douceur cette fois. C'est là que je me suis planté, la fois d'avant.

Je me levai brusquement.

— Si tu épouses cette femme, tu peux être sûr que je ne t'adresserai plus jamais la parole !

— Ne sois pas comme ça, Dutch, dit-il doucement. Ne reste pas prisonnière du passé.

— Je ne parle pas du passé.

— Si. Que tu le veuilles ou non. Autre chose : tu dois apprendre à respecter la liberté des gens. Tu ne peux pas les obliger à satisfaire tes désirs, pas plus que tu ne peux exiger qu'il pleuve quand tu en as envie. Le monde avance à son rythme, Dutch, et tout ce que tu peux faire, c'est sauter à bord et suivre le mouvement.

— Tu dis n'importe quoi.

Flood soupira en joignant ses doigts.

— Dans le temps, je trouvais que tu n'avais pas beaucoup de sang des Peyton en toi. Mais il commence à apparaître.

— Qu'est-ce que ça veut dire ?

— Tu attends énormément des gens, expliqua-t-il, et tu les punis quand ils ne se montrent pas à la hauteur de tes espérances.

— C'est faux.

— J'ai vu papa et tante Macy se comporter de la même façon avec l'oncle Eugene. Ils ne lui ont jamais pardonné de n'en faire qu'à sa tête. Ils ne lui reprochent pas de leur avoir laissé la ferme sur les bras. Même s'il était resté, ça n'aurait pas changé grand-chose. Mais il a choisi une autre voie. C'est ça qu'ils ne lui ont pas pardonné.

— Ne dis pas de mal de papa, dis-je en sentant les larmes me picoter les yeux.

— C'est un homme bon, je le sais. On ne fait pas mieux. Mais il a des attentes… et de grands espoirs. Comme toi. Ne les laisse pas te dévorer, c'est tout.

— Des fois, je me dis que tu deviens fou.

— Je te donne un petit conseil, c'est tout. Sois indulgente avec les gens.

— Je m'en souviendrai, dis-je, alors que je n'en avais nullement l'intention.

J'étais bien décidée, au contraire, à oublier toute cette conversation, le plus vite possible.

Sur ce, je lui tournai le dos et m'en allai, sans savoir dans quelle direction, je voulais juste m'éloigner.

26

Mes pieds me conduisirent jusqu'au bout du chemin, dans les bois. À chaque pas, je faisais le serment de renier mon frère. Ce n'était pas parce que j'étais sa sœur que je devais forcément l'aimer. En tout cas, rien ne m'obligeait à croire ce qu'il disait.

Sauf que ses paroles ne cessaient de me titiller, quelque part au fond de moi. Curieusement, je ne cessais de les relier à Norma. Je la revoyais sur les marches du car, et je repensais au sentiment que j'avais éprouvé quand les portes s'étaient refermées et qu'elle avait disparu. J'avais pris conscience soudain que je l'aimais, et je ne comprenais pas pourquoi je ne m'en étais pas aperçue avant. Je l'avais laissée filer. Je m'étais dit que ça n'avait pas d'importance car Norma était méchante. Mais peut-être que non. Peut-être qu'elle n'était pas la personne que je voulais qu'elle soit, tout simplement.

J'avais de grands espoirs, c'est vrai. Et maintenant, je comprenais pourquoi j'avais pleuré à l'arrêt du car et pourquoi j'avais eu envie de pleurer en entendant Flood parler à Becky. Les grands espoirs font du mal quand ils se brisent.

En ressortant du bois, je fus surprise de découvrir que j'étais arrivée au terrain de jeux de l'église. Je fus encore plus surprise de constater qu'une partie de softball s'y déroulait et qu'Ethan se trouvait sur le terrain.

Du moins, c'était ce que je me disais. Peut-être que je savais pertinemment où j'allais et ce que j'y trouverais.

Aussitôt la partie terminée, j'envisageai de repartir. Mais je savais que si je m'en allais maintenant, ce serait avec l'espoir qu'Ethan me voie et me coure après. Alors, autant lui faciliter la tâche, pensai-je. Il m'aperçut du milieu du terrain et vint vers moi, à grands pas tout d'abord, puis en ralentissant lorsqu'il constata que je ne partais pas.

— Salut, dit-il.

— Salut.

— Je savais pas que tu devais venir.

— Moi non plus.

— Tu as assisté à toute la partie ?

— Non, juste à la dernière manche.

— J'ai marqué un *home run* dans la cinquième.

— Je regrette d'avoir manqué ça.

Il haussa les épaules.

— En fait, j'ai eu de la chance. Ils ont relâché la balle plusieurs fois.

— Ça compte quand même.

— Oui. Mais on a perdu malgré tout.

— Dommage.

Il se contenta de hocher la tête. Visiblement, il ne savait plus quoi dire.

— Bon, bah, à plus tard, dis-je en m'éloignant lentement.

— Où tu cours comme ça ?

— Je ne sais pas. J'ai des trucs à faire.

— Ah. Vas-y, dans ce cas, répondit-il sèchement. Je veux surtout pas te retenir.

– OK.

Je le regardai fixement.

– Ethan…

– Que ce soit bien clair, me coupa-t-il.

– Quoi donc ?

Il inspira à fond et relâcha sa respiration d'une traite. Il avait le visage tout rouge, à cause du match, ou d'autre chose peut-être. Des petites plaques écarlates se propageaient dans son cou.

Il me regarda droit dans les yeux et demanda :

– Tu veux sortir avec moi ?

– Pour faire quoi ?

Il poussa un grognement et shoota dans une touffe d'herbe.

– Sortir pour de bon, je voulais dire.

J'étais abasourdie. Je demeurai bouche bée. Ethan ne savait pas comment interpréter ma réaction.

– Si tu veux pas, dit-il, c'est pas grave. Peut-être que tu es trop occupée. C'était juste pour savoir.

– OK, dis-je finalement.

– Quoi, OK ?

– OK, je veux bien, dis-je. Sortir avec toi.

J'avais le cœur un peu gros. Ça ne ressemblait pas à l'instant romantique dont j'avais toujours rêvé. Néanmoins, ce n'était quand même pas si mal.

– OK, alors, dit-il.

Maintenant que c'était décidé, on resta plantés là tous les deux, à se demander ce qui allait se passer ensuite. Ethan baissa les yeux sur son gant de soft-ball et donna un coup de poing dedans.

– Bon, fit-il. Je devrais te raccompagner chez toi, je crois.

– Tu n'es pas obligé.

– Si.

– Ne te force pas.

– J'en ai envie.

– Très bien.

On se mit à marcher côte à côte. J'étais nerveuse, je ne savais plus quoi dire. Je commençais à regretter notre décision ; c'était beaucoup plus facile d'être avec lui avant.

Finalement, ce fut Ethan qui parla le premier :

– Je crois qu'on doit régler certaines choses immédiatement.

– Comme quoi ?

– Tu viendras voir me voir jouer au softball. Et tu porteras ma casquette quand je ne serai pas sur le terrain. Si tu veux, évidemment.

Je hochai la tête.

– Pas de problème.

– On ira chez Bubba ensemble.

– Maintenant ?

– Non, pas maintenant. Le vendredi et le samedi.

– OK.

– Mais on peut y aller maintenant, si tu veux.

– Non. Je préfère me promener.

On marcha en silence. J'étais tellement déboussolée que je faillis ne pas remarquer qu'il faisait noir tout à coup. Je levai la tête et Ethan en fit autant. Je retins mon souffle en découvrant un gros nuage bleu qui masquait le soleil.

– Regarde ! m'écriai-je.

– J'ai vu.

On resta là, à contempler le ciel. Ce nuage n'était

pas tout seul. Il y en avait plein d'autres, qui se déplaçaient à toute vitesse et se rassemblaient. Un vent tiède nous enveloppait.

– On dirait que c'est pour de bon, cette fois, commenta Ethan.

– Ouah !

C'est tout ce que je trouvai à dire.

On repartit. J'attendais la pluie, mais elle ne venait pas. Pourtant, je la sentais… C'était une odeur de moisi, comme une cave en hiver.

Ethan demanda :

– Tu crois qu'on devrait se tenir par la main ?

– Oui, sans doute.

Il prit ma main. Ma paume était moite, mais la sienne aussi. J'aimais la façon dont sa main semblait avaler la mienne. Je lui souris, mais il regardait droit devant lui.

Peut-être que Becky et Flood s'étaient promenés de cette manière, main dans la main, en souriant à l'idée de toutes les choses qui pourraient se produire. Je me demandais s'ils avaient perdu cette envie ; si un jour, en se réveillant, ils avaient décidé de ne plus être amoureux. Ou peut-être que c'était une chose qui s'en allait en douce, comme un chat, sans qu'on s'en aperçoive. On se retournait tout à coup, et elle n'était plus là.

J'éprouvai un bref accès de panique en observant le visage d'Ethan. Connaîtrions-nous le même sort ? Les choses tourneraient-elles à l'aigre brusquement ? Je ne pouvais supporter l'idée qu'il m'abandonne un jour, qu'il m'en veuille… qu'il me haïsse. Le risque que tout finisse mal était comme un monstre qui vous suivait partout, vous sentiez son souffle dans votre nuque. En une fraction de seconde, je compris ce que voulait dire tante Macy en parlant du versant caché de l'amour. Et je compris qu'il fallait se battre pour demeurer du bon côté. L'amour n'était pas toujours une chose légère et désinvolte, comme je l'avais cru. C'était aussi étouffant et compliqué, parfois. C'était un sentiment cruel et pesant qui m'écrasait.

Était-ce pour cette raison que Becky et Flood avaient renoncé ?... Comme les parents de Norma ? Parce qu'ils ne supportaient plus ce poids ?

C'était une tout autre histoire maintenant que l'amour était devenu une réalité concrète, qui impliquait deux véritables personnes, et non plus simplement une chose à laquelle je rêvais, allongée sur mon lit. Tout cela m'effrayait tellement que j'avais envie d'y mettre fin sur-le-champ. Mais je repensais à ce que m'avait dit Flood, au sujet du monde qui avançait à son propre rythme. Impossible de s'y opposer. Il fallait fermer les yeux, plonger et attendre de voir où il vous entraînait.

Je regardai le ciel de nouveau. Il avait pris une couleur bleu foncé, presque violette. L'air était lourd, moite. L'univers tout entier semblait gonflé de possibilités.

Soudain, Ethan s'arrêta et passa son bras autour de ma taille.

– Écoute, dit-il.

Je tendis l'oreille. Un silence paisible, profond et doux, s'étendait autour de nous. Mais au loin, on entendait un grondement, comme un train qui approche.

221

— Le tonnerre, murmura Ethan.

Il y eut un autre grondement, plus fort, suivi d'un éclair. Puis la pluie fit son apparition, de grosses gouttes chaudes qui s'écrasèrent sur nos visages. La terre, reconnaissante, soupirait et grésillait. Ethan et moi, on se regarda, alors que des rideaux de pluie commençaient à tomber du ciel. On était trempés jusqu'aux os et je me sentais un peu gênée, comme quand vous vous réveillez et découvrez que quelqu'un vous regardait dormir.

— Je peux t'embrasser ? demanda-t-il.

— Arrête un peu de demander ! Tu es censé le faire, c'est tout.

Il m'embrassa avec une telle force que le sang cessa d'irriguer mes lèvres. Je me disais que j'allais mourir étouffée, lorsqu'il s'arrêta enfin.

— C'était comment ? demanda-t-il.

— Horrible.

Il haussa les épaules et sourit. Il plissa les yeux et les gouttes de pluie coulèrent sur ses joues, telles des larmes.

— Je vais m'améliorer, dit-il.

CET OUVRAGE A ÉTÉ ACHEVÉ D'IMPRIMER
SOUS UN SOLEIL DE PLOMB POUR LE COMPTE
DES ÉDITIONS THIERRY MAGNIER
PAR L'IMPRIMERIE TECHNIC IMPRIM
À 91 LES ULIS EN SEPTEMBRE 2008
DÉPÔT LÉGAL : OCTOBRE 2008

Imprimé en France